KB012630

이형석 퓨전 판타지 장편소설

WISHBOOKS FUSION FANTASY STORY

스킬의 제왕

스킬의 제왕 2

이형석 퓨전 판타지 장편소설

초판 1쇄 찍은 날 | 2017년 9월 13일
초판 1쇄 펴낸 날 | 2017년 9월 20일

지은이 | 이형석
펴낸이 | 예경원

기획 | 위시북스
편집책임 | 이규재
편집 | 이즈플러스

펴낸곳 | 예원북스
등록번호 | 제396-2012-000132호
등록일자 | 2012. 7. 25
KFN | 제1-150호

주소 | 경기도 고양시 일산동구 호수로 646-24 위너스21 II 빌딩 206A호 (우)10401
전화 | 031-819-9431 팩스 | 031-817-9432
E-mail | yewonbooks@naver.com

ISBN 979-11-6098-468-2 04810
979-11-6098-466-8 (set)

※ 이 도서의 국립중앙도서관 출판시도서목록(CIP)은 서지정보유통지원시스템 홈페이지(http://seoji.nl.go.kr)와 국가자료공동목록시스템(http://www.nl.go.kr/kolisnet)에서 이용하실 수 있습니다.

이형석 퓨전 판타지 장편소설

WISHBOOKS FUSION FANTASY STORY

스킬의 제왕

2

Wish Books

스킬의 제왕

CONTENTS

12장
무열, 역사를 개척하다

"크…… 크하하하하!!!!"

칸트나 마고우는 고개가 젖혀질 정도로 크게 웃었다.

"내 평생 이렇게 건방지고 예상을 벗어나는 녀석은 처음이로군. 네 녀석은 도대체 뭐냐."

당황할 줄 알았던 그는 의외로 즐거운 표정이었다.

"어떻게 E랭크가 C랭크의 그리핀을 잡을 수 있지? 내가 구축한 체계가 틀렸다는 건가? 아니지, 이미 틀린 거겠지. 그 결과가 눈앞에 있으니 말이야."

"……."

"그리고 말일세. 플레임 서펀트도 그렇고 그리핀도 그렇고. 어떻게 넌 녀석들의 약점을 정확히 알고 있는 거지? E랭크 주제에 괴수를 상대해 봤을 리가 없을 텐데 말이야."

무열은 참았던 궁금증을 쏟아내는 칸트나를 보며 담담한 표정을 지었다.

"첨탑의 주인은 예의가 없군. 꼭대기까지 올라온 사람에게 자리 하나 내주지 않고 말이야."

그러고는 유리관이 잔뜩 쌓여 있는 곳에 놓여 있는 탁자에 걸터앉았다.

"크크, 내 정신 좀 보게. 미안하군. 이렇게 흥미로운 소재는 처음이라서 말이야. 지금껏 숱한 도전자가 첨탑을 찾아왔지만 내 방까지 찾아온 건 자네가 유일하군."

'역시…….'

무열은 그의 말을 놓치지 않았다.

'이곳에 도달한 사람은 나뿐이다. 3강뿐만 아니라 비석에 적힌 1위인 박종혁도. 유일한 경험자인 카토 유우나는 후발 주자였으니 이 시기에 탑에 도전하지도 않았다.'

최초(最初).

그것만으로 충분히 가치가 있다.

칸트나는 마치 오랜만에 대화를 나눌 상대를 찾아서 기쁜 듯 끊임없이 말을 이어갔다.

"난 칸트나 마고우. 항간엔 괴수 연구자라는 별명도 있지만 신의 명명 아래 첨탑을 지킨 지 100여 년. 이렇게 누군가와 대화를 나누는 것도 오랜만이군."

그의 말에 무열의 눈썹이 살짝 움찔거렸다.

'역시……. 예상이 맞았군. 괴수사 칸트나. 그가 이곳의 주인이었어.'

플레임 서펀트 때까진 그런 생각을 하지 않았다. 하지만 3층에서 그리핀이 나오는 순간 무열은 혹시나 하고 의심했다.

게다가 카토 유우나는 분명 첨탑의 끝에서 주인을 만났다고 했다. 그 말은 곧, 각 층의 몬스터를 그가 부린다는 뜻. 현 시점에서 서펀트와 그리핀을 부릴 수 있는 존재는 이 세계에서 단 한 명뿐이었으니까.

'하지만…….'

뭔가가 생각난 듯.

'이상하군. 어째서 괴수사가 이곳에 있는 거지……. 분명히 그는…….'

무열이 그의 말을 끊었다.

"첨탑을 클리어하면 직업을 얻는다고 알고 있는데."

"클클……. 물론일세. 당연히 주어야지. 첨탑에서만 얻을 수 있는 유일한 직업들."

칸트나는 마치 왕이 작위를 내리는 것처럼 거드름을 피웠다.

"여기까지 오면서 가장 궁금한 거겠지? 과연 내가 받을 보상이 무엇인지 말이야. 클클…… 인간은 원래 그런 법이지."

"……."

그는 수정구를 쓰윽 한 번 훑었다. 그러자 빛이 그 안에 응축되더니 마치 홀로그램처럼 무열의 앞에 커다란 창 하나가 만들어졌다.

색은 무색. 투명한 것 같으면서도 흰색으로 보일 때도 있고 검은색으로 보이는 것 같기도 하다.

지금까지 한 번도 본 적이 없는 특이한 창에 무열도 내색은 하지 않았지만 내심 놀라지 않을 수 없었다.

'이게…… 히든 피스(Hidden Piece).'

레어(Rare), 에픽(Epic), 유니크(Unique), 레전더리(Legendary)까지, 대륙에는 등급에 따라 많은 아이템과 직업이 존재하지만 그런 것은 모두 드랍, 혹은 제작 아이템. 즉, 확률적인 문제가 있을 뿐 구할 수 있는 것들이라는 말이다.

하지만 이건 다르다. 숨겨져 있는 특정 조건을 만족시켜야만 구할 수 있는 것.

그렇기 때문에 가치가 있다. 값을 매기는 것이 아닌 강해지기 위함의 가치.

"자, 어서 골라보게. 자네가 이룬 업적이니."

칸트나는 눈을 반짝이는 무열을 보며 그럴 줄 알았다는 듯 고개를 끄덕였다.

[최초로 불꽃 첨탑의 숨겨진 직업을 발견했습니다.]

[4가지의 직업 중 하나를 선택할 수 있습니다.]

[소환사(Summoner)]

[특징 : 각종 원소의 정령을 소환할 수 있습니다.]

[아크메이지(Arch Mage)]

[특징 : 마법사 상위의 대규모 마법을 사용할 수 있습니다.]

[주술사(Thaumaturge)]

[특징 : 방어할 수 없는 저주 스킬을 습득할 수 있습니다.]

[마검사(Magic Fencer)]

[특징 : 고유의 마력검 스킬을 사용할 수 있습니다.]

"소감이 어떤가. 하나같이 대륙에서 구할 수 없는 직업들이지. 강력하고 특별한 힘. 너희들이 가장 원하는 거니 말이야."

무열은 무색의 메시지창을 뚫어져라 바라봤다.

'카토 유우나가 얻은 직업이 이제 뭔지 알겠군. 마검사였어.'

오랜 궁금증이 해결된 듯 무열은 고개를 끄덕였다.

그러고는 고개를 돌렸다.

또 하나의 메시지창.

[탑의 모든 층을 클리어하였습니다.]

[비석에 이름을 새길 수 있습니다.]

[상위권에 랭크된 도전자에겐 특전이 주어집니다.]
[비석에 이름을 남기겠습니까?]

무열은 무색의 메시지창이 아닌 그 옆에 떠 있는 붉은색 창을 바라보며 고개를 끄덕였다.

[화염 비석에 당신의 이름이 각인됩니다.]
[1위!!]
[위업 달성!]
[불꽃 첨탑의 강자!!]
[당신의 업적을 뛰어넘는 기록이 나오지 않는 한 영광스러운 이 기록은 영원할 것입니다.]
[스테이터스 상승 5%]
[화염 내성력 발현!]
[화염 내성력 포인트 20 획득]
[추가 전체 내성력 포인트 10 획득]
[기록의 변경 사항은 비석의 상위 랭커들에게 알려지며 기존 1위의 타이틀은 사라집니다.]

비석에 이름을 남긴 상위 5명. 그들에게 이제 무열의 존재가 알려진다는 의미였다.
'남은 인간군 3강. 그들이 움직이기 시작하겠군.'

하나하나가 최강자였던 이강호와 맞붙어도 밀리지 않는 실력자들.

나쁘지 않다. 이것은 일종의 선전포고. 자신의 존재를 알리는 가장 좋은 방법이었다.

"자자, 빨리 골라보게."

칸트나는 재촉하듯 무열을 향해 말했다.

[직업을 선택하시겠습니까?]

고개를 돌려 한동안 무색의 메시지창을 바라보던 무열이 피식 웃었다. 그러고는 칸트나를 바라보며 말했다.

"거절한다."

"……!!!!!"

그 순간, 칸트나는 자신의 귀를 의심했다.

"뭐, 뭐라고?"

"탑에 혼자 있더니 귀라도 멀었나. 거절한다고 했다."

"무, 무슨 소리냐. 그게!!"

"애초에 비석에 이름을 올리기 위해서 왔지 직업을 얻으러 온 게 아니거든."

"뭐……?! 어째서!!!"

무열의 대답에 조금 전까지만 하더라도 거들먹거리던 그의 목소리가 완전히 달라졌다.

"남부 경기장."

그 단어를 듣는 순간.

"뭐……?! 설마 이곳을 포기하겠단 말이냐?!"

단번에 무슨 뜻인지 알았다.

"그래, 거기서 검투사란 직업을 얻을 수 있다더군."

무열은 자신의 곡도를 흔들어 보였다.

"안 돼!!"

그가 벌떡 일어났다. 생각지 못한 반응에 무열이 칸트나를 바라봤다.

"절대로 안 돼! 그 머리에 근육밖에 들어 있지 않은 멍청이에게 직업을 받겠다고? 내 첨탑을 클리어하고도 말이야!!"

"……."

뭔가 이상했다. 애초 계획대로 비석의 특전을 받고 이강호가 얻었던 유니크 클래스인 검투사를 자신이 차지하려고 했었다. 그런데…….

"왜 당신이 화를 내지? 직업을 선택하는 건 내 문제인데. 마치 자기 일처럼 말이야."

"무, 무슨……. 헛소리!"

"직업을 강제 부여할 권리는 없을 텐데. 심지어 1층을 클리어하고도 직업을 받지 않고 생산 클래스가 되는 사람들도 있으니 말야."

칸트나는 무열의 말에 얼굴을 구겼다.

"게다가 검을 써서 올라온 나에게 할 말은 아닌 것 같은데."

그 말에 살짝 인상을 풀면서 그가 책상에서 한 걸음 앞으로 나왔다.

"그럼 마검사라는 직업이 있지 않느냐. 마력이 뭔지 알 텐데? 이걸 택하면 마력을 구할 필요도 없이 저절로 마력을 쓸 수 있단 말이야. 엄청난 특전이라 생각하지 않느냐."

"그렇군. 확실히 마력을 얻는 방법은 까다롭지."

"그럼, 그럼!"

"하지만 못 얻을 것도 아니다."

"……뭐?"

"어차피 마력이란 직업과 상관없이 획득할 수 있는 스테이터스 중 하나니까."

반박을 할 수 없는 무열의 대답에 칸트나의 얼굴이 일그러졌다.

"검사 클래스로 전직한 뒤에 얻어도 무관하단 말이지. 게다가 오히려 마력이 필요한 마검사보다 더 활용도가 높을 수 있지."

빠득.

"아!"

순간 칸트나는 화들짝 놀랐다. 자신도 모르게 이를 갈았던 것.

무열이 그걸 놓칠 리가 없었다.

"아하……?"
그때였다. 일순간 무열의 입꼬리가 쓰윽 올라갔다.
"그렇군."
"……."
등골이 오싹한 느낌.
"당신, 내가 여기서 직업을 얻지 않으면 곤란한 거군?"
쿵.
칸트나는 심장이 떨어지는 것 같은 기분이었다.
살아온 세월이 150년. 이렇게 우롱당하는 느낌을 받는 것은 처음이었다. 아니, 사실은 들켰다고 해야 맞는 말이겠지.
"무…… 무슨 소릴!!"
"칸트나 마고우, 넌 첨탑의 주인이 아니라 오히려 유배자에 가깝군."
칸트나 마고우.
무열이 그의 정체를 아는 것엔 이유가 있었다.
단순히 첨탑의 정상에 숨어 있는 자라면 무열이 절대로 알 리가 없을 터. 하지만 그는 대륙의 사람들이라면 모를 수가 없을 정도로 엄청난 사건을 통해 자신의 정체를 드러냈었다.
'시기를 거슬러 생각해 보면 답이 나온다.'
카토 유우나가 첨탑의 비밀을 공표하고 난 뒤 정확히 일주일 후, 북부 대륙의 일부가 끔찍한 화염에 휩싸인다.
'바로 녀석의 괴수들로.'

그걸로 알 수 있다. 칸트나 마고우는 탑에서 마음대로 나올 수 없다.

'필요한 조건.'

바로 이것일 터.

"무슨 이유인진 모르지만 이 방에 도달한 자가 직업을 얻는 것이 당신의 안위에 큰 영향을 끼친다는 것. 가령……."

그의 눈동자가 흔들렸다. 백여 년을 살았어도 감출 수 없는 것들은 존재한다.

"탑에서의 탈출이라든지."

빠드드득.

감췄던 본성을 드러내고 말았다.

칸트나는 무열을 노려봤다.

"네놈…… 뭐지? 빌어먹을 신들이 보낸 놈인가."

'……신?'

무열조차 예상치 못한 말.

징집된 자신들과 달리 그는 이 세계, 이 대륙에서 살고 있던 존재. 게임으로 말하면 NPC와 같다. 정확히 말하면 이 대륙의 진짜 인류. 그런 그가…… 신에게 반기를 드는 말을 했다.

"그래서 그런 일을 벌였던 건가."

신에 대한 반발.

처음부터 이곳을 살았던 자의 머리에서 나올 수 있는 발상이다. 탑에서 나오고 난 뒤 북부를 불바다로 만든 그를 제압하기 위해 아직 권세가 약했던 인간군 4강은 처음으로 연합군을 펼쳤었다.

많은 희생이 따랐다. 그에게 죽임을 당한 사람의 수만 가히 1만. 그를 잡기 위한 연합군의 피해만 해도 5천 명이 넘는다. 그만큼 그의 존재는 위험하다.

두 달 뒤.

"널 살려두면 결국 카토 유우나가 이곳을 찾아와 널 풀어주게 되겠지."

그 미래를 되풀이하게 되는 것.

선택을 해야 했다.

그렇다면…… 결론은 하나.

"다행히 이곳은 당신을 지켜줄 괴수 따윈 없군."

팟!!

무열이 움직였다.

"무…… 무슨!!"

칸트나는 황급히 자신의 수정구를 잡으려 했다. 하지만.

"늦어."

무열의 곡도가 먼저 그의 허리를 관통했다.

촤아아악!!!

그 순간, 칸트나의 책상 아래에 있던 마법진이 움직였다. 다섯 발의 라이트닝 볼트가 한꺼번에 뿜어져 나오며 무열의 몸에 격돌했다.

쾅!! 콰쾅!!!

파즈즈즈즉……!!

순식간에 시커멓게 그을린 피부. 하지만 무열은 속도를 늦추지 않았다.

"쓸 수 있는 마법까지 탑의 영향을 받아 저랭크에 국한되어 있는 건가."

자신의 탑이라면 절대로 이럴 수 없다. 무열의 예상이 맞았다. 화염 비석의 위업을 달성하면서 더욱 올라간 내성력. 고작 이 정도의 마법으로 어떻게 될 무열이 아니었다.

서걱.

주르륵…….

곡도의 날을 타고 붉은 피가 흘러내렸다. 너무나도 빠른 찰나의 순간. 첨탑의 지배자의 죽음이라고 하기엔 허무할 정도로 쉬웠다.

"이…… 이놈……."

부르르…….

칸트나가 무열의 어깨를 잡은 손에 마지막 힘을 주었다.

"빌어먹을 신들이 날 이곳에…… 가뒀다."

"이곳을 탈출하면 뭘 할 생각이었지?"

"크…… 크크. 뭘 하긴 그놈들이 만든 이 엿 같은 세상을 부숴 버리려고 했지."

죽음의 문턱에서 말하는 그의 진심.

"다행이군."

변하지 않은 그의 마음이 일말의 걱정조차 사라지게 만든다.

콰아악!!

"커…… 커컥!!!"

그의 몸이 천천히 무너져 내렸다.

쿵.

'이것으로 됐다. 이것으로…….'

무열은 스스로에게 되풀이하듯 말했다. 그렇게 되뇌었지만 몸이 떨린다. 이 한순간으로, 또다시 수많은 역사가 완전히 바뀌었다. 첨탑의 주인이 죽은 이상 카토 유우나는 더 이상 마검사라는 히든 피스를 얻을 수 없을 것이다. 과연 그것이 대륙을 얼마만큼의 폭풍에 휩싸이게 할지 가늠할 수 없다.

'하지만.'

상관없다.

'그녀가 취했던 모든 것을 내가 얻을 것이다.'

바로 그때.

[히든 피스 발견!!]

"……!!!"

[새로운 길을 여는 자]

[개척자 : 패스파인더(Path Finder)]

[직업을 선택할 수 있습니다.]

[특징 : 명명되어 있는 룰을 3회 벗어날 수 있습니다.]

"뭐……?"

무열은 놀라지 않을 수 없었다. 칸트나를 죽임으로써 숨겨진 마지막 히든 피스가 나타났으니까.

특징조차 기존의 히든 피스들과는 완전히 다른 것.

감춰진 가짜 속의 진짜.

히든 이터(Hidden Eater) 카토 유우나조차 마지막 한 걸음의 진실엔 닿지 못했다는 말이다.

어쩌면 이것이야말로 주신 락슈무가 칸트나 마고우를 이용해서 끝까지 숨기려고 한 것일 수 있다.

"이거다."

꽈악.

무열은 자신도 모르게 주먹에 힘을 주었다. 그의 행동으로 수많은 역사가 완전히 바뀌었다. 그건 남의 역사가 아니다. 바로, 무열 그 자신의 역사가 바뀌었다. 과감한 그의 행동이 전생에 누구도 얻지 못한 새로운 히든 피스를 발견하게 한 것이었다.

"이거라면……!!"

느껴지는 전율. 흥분이 가시지 않았다.

"직업을 얻어도 두 개의 비석에 이름을 새길 수 있다."

제한적이지만 무열은 이제 룰을 비껴갈 수 있다. 그 말은 곧, 두 개의 직업을 가질 수 있다는 것.

"신, 이것조차 당신이 만든 안배인가 아니면 당신도 막지 못한 다른 규율인가."

무엇이든 상관없다.

이건, 시작이다.

최초이자 유일무이할 듀얼 클래스(Dual Class)의 탄생.

우우우우웅.

그리고…… 칸트나의 시체에서 영롱한 빛이 응축되기 시작했다. 그 광경을 바라보는 무열은 놀라지 않을 수 없었다. 빛이 점차 변형되다 직사각형의 작은 책으로 변한 것이다.

"이, 이건……!!"

바로, 또 하나의 스킬북(Skill Book).

무열은 칸트나의 시체 옆에 떨어진 스킬북을 들어 올렸다.

묵직한 무게감.

생각해 보면 이 세계에서 처음으로 획득한 스킬북이었다. 지금까지는 그가 알고 있던 미래의 스킬들을 발현한 것뿐이었으니까.

미래의 그도 익히지 못했던 것.

[테이밍(Taming) 스킬을 습득하겠습니까?]

[몬스터 지식(Monster Lore)이 필요합니다.]

[조건 확인 완료]

[스킬을 배울 수 있습니다.]

무열은 메시지창을 읽으면서 자신도 모르게 헛웃음을 짓고 말았다. 마치 계획한 것처럼 2층에서 얻은 몬스터 지식 스킬을 얻었기 때문.

'테이밍은 정말 배우기 어려운 스킬이다. 기본적으로 생산 스킬 카테고리 안에 있는 거니까. 이걸…… 이런 식으로 공격 스킬처럼 스킬북으로 배울 수 있다니.'

전혀 생각하지 못한 일이다. 알았다면 처음에 창설하려다가 실패했던 맹수1부대도 전투 요원이 스킬북으로 테이밍을 배움으로써 사라지지 않았을 테니까.

'15년 후의 미래에도 우리가 모든 것을 다 알고 있었던 건 아니구나.'

무열은 그렇게 생각하면서 메시지창에 손을 가져갔다. 순간, 새하얀 빛이 그의 전신을 휘감았다.

[테이밍 스킬을 습득하였습니다.]

[몬스터 인벤토리가 생성되었습니다.]

[이름 변경]

[고유 스킬 : 칸트나의 조련법]

[고유 효과 : 테이밍 숙련도 습득 10% 증가]

[고유 효과 : 숙련도와 상관없이 길들인 모든 종류의 몬스터 탑승 가능]

[모든 괴수를 다뤘다는 마도사 칸트나 마고우가 직접 만든 특수한 조련법은 그 어떤 괴수도 자신의 아래에 둘 수 있다.]

"허……."

단순한 테이밍 스킬이 아니었다. 고유한 이름이 붙는 건 그만큼 특수한 스킬이라는 것. 특히 전투 스킬이 아닌 것에 이름이 붙는 건 무열도 거의 본 적이 없었다.

게다가 두 번째 효과. 오직 칸트나 마고우의 조련법만의 특징, 몬스터 탑승.

이건 시간이 지나 테이밍 스킬이 활성화되면 가능하게 되는 일이긴 하지만, 강력한 몬스터를 길들이는 데에 드는 힘은 숙련도와 비례한다.

그런데 그 숙련도를 무시한다는 것. 말이 되지 않는 이야기 같지만 불가능한 게 아니다. 아니, 오히려 엄청난 혜택.

바로.

'거점 상점.'

이제 남은 3개월 뒤에 생기는 무인 상점.

'거기서 분명 드레이크(Drake)를 구입할 수 있지.'

라이딩 스킬만 있어도 탈 수 있는, 비룡보다 1.5배는 더 커다란 덩치의 마물이었지만 엄청난 마석이 필요하기 때문인지 15년 뒤에도 그걸 구입하는 사람은 아무도 없었다. 그러나 이제, 무열이 첫 구입자가 될 터다.

인벤토리 밑에 몬스터 인벤토리가 따로 생성되었다. 칸의 수는 세 개.

'테이밍한 몬스터를 소환하고 보관할 수 있는 거로군. 이것도 아이템으로 수를 증가시킬 수 있었던 것 같은데.'

테이밍 쪽은 사실상 무열과 관계가 먼 이야기였기 때문에 그다지 관심을 가졌던 부분은 아니었다. 하지만 인벤토리의 개수를 증가시킬 수 있는 드워프의 항아리처럼 분명 몬스터 인벤토리 역시 아이템이 존재할 터.

'그럼 숙련도가 높아질수록 동시에 소환할 수 있는 몬스터의 종류도 늘어난다는 건데…….'

몬스터 부대. 그것도 불가능한 일이 아니었다.

무열은 잠시 그 위용을 상상하며 살짝 입꼬리를 올렸다.

"좋아……. 그럼."

마지막으로 그는 신중하게 떠 있는 마지막 메시지창을 바라봤다.

[패스파인더로 전직하시겠습니까?]

자신을 기다리고 있는 확인창을 향해 고개를 끄덕이는 순간 창이 사라지며 빛무리가 무열의 발아래에서부터 천천히 솟구쳐 올랐다.

[개척자 : 패스파인더(Path Finder)로 전직]
[등급 : 로드 클래스(Lord Class)]
[효과 : 명명되어 있는 세계의 룰을 3회 벗어날 수 있습니다.]
[히든 스테이터스 : 카르마(Karma) 획득]

'카르마?'
무열도 알지 못하는 특성이었다.
상태창을 불러 특성을 누르자 설명이 나타났다.

[카르마(Karma)]
패스파인더의 고유 스테이터스.
새로운 길을 걷는 자만이 얻을 수 있는 특성.
카르마 상승 시, 상태 이상에 빠지지 않을 확률이 높아진다. 또한, 아군의 신뢰도 높아지며 적군을 향한 위협에 강해지며 독자적 용기를 얻을 수 있다.
-개척하는 그 길에 쌓이는 업은 비록 고통스러워도 힘이 되리라.

히든 스테이터스라고는 하지만 마력이라든지 정령력과 같

이 한눈에 알 수 있는 것이 아니었다. 설명만 보면 언뜻 무슨 말인지 이해가 가지 않았지만 무열은 카르마 특성의 설명을 본 순간 자신도 모르게 주먹을 꽉 쥐고 말았다.

'이건…… 이강호가 얻었던 군주 특성. 그것과 같으면서도 다르다.'

군주 특성은 오로지 아군의 신뢰도를 높이는 지휘력과 통솔력에 치중된 특성이었다. 하지만 이와는 달리 패스파인더의 카르마는 거기에 더해서 적을 위협, 그리고 용기를 얻을 수 있다.

'용기 특성. 이게 높을수록 위험한 상황에서 냉정한 판단을 내릴 수 있다.'

1만, 10만, 100만의 대규모 전투에서 가장 중요한 것이 바로 냉정한 판단. 그것을 하지 못했기 때문에 저번 생에서 인간군이 패배를 한 것이었다.

'정말 중요한 걸 얻었다.'

히든 피스였음에도 불구하고 직업이 주는 능력치 자체의 상승은 없지만 이것만으로 충분했다.

'권좌에 오르기 위해서 가장 필요한 것.'

바로, 자신의 권세를 불리는 것이다. 아무리 뛰어난 사람이라 할지라도 자신을 따르는 권세가 없다면 권좌에 오르지 못한다. 카토 유우나가 바로 그 예이다. 강력한 히든 피스 클래스를 얻었음에도 불구하고 그녀는 항상 독자적인 길을 걸었을 뿐, 인류의 최대의 목표인 '다시 돌아가는 것'에는 큰 영향을 끼치지 못했다.

'뭐, 자신의 공략법을 대륙 전체에 알린 것만으로도 도움을 준 것이라면 준 것이겠지만…….'

그녀의 공략법은 거의 대부분 일반적이지 못해 사용이 불가능한 것들뿐이었다. 물론 그 불가능을 지금 무열이 가능케 하고 있었지만.

"좋아."

불꽃 첨탑에서 얻을 수 있는 모든 것을 얻고 난 무열은 이제 남부에 있는 경기장으로 향하기로 했다.

칸트나의 방을 나와 계단을 내려오면서 그는 생각했다.

'남부까지 내려가는 데만 해도 제법 시간이 걸릴 텐데……. 흠, 제때에 트라멜에 도착할 수 있을지 모르겠는걸.'

칸트나가 죽고 난 뒤, 첨탑은 스스로 복원을 시작한 듯 그가 합쳐 놓았던 3층과 4층이 어느새 다시 분리되어 있었다. 무열이 죽인 그리핀의 사체 역시 깨끗하게 사라져 3층은 빈방이었다.

또 한 층을 내려오고 있을 때.

"……음?"

무열의 발걸음이 멈췄다.

[크르르르르…….]

2층에서 들려오는 익숙한 으르렁거림. 시간이 흘러서 플레임 서펀트가 다시 리스폰된 것이었다.

그냥 이대로 쭉 내려가면 출구.

툭.

그런데 계단을 내려가던 무열이 2층 문에 멈춰 섰다. 문틈으로 방 안에서 헤엄을 치듯 하늘을 날고 있는 플레임 서펀트를 바라봤다.

"이거……."

그 순간, 무열이 무언가 생각난 듯 씨익 웃었다.

"어쩌면 하루 만에 남부로 갈 수 있을지도 모르겠는걸?"

손바닥 안에서 만져지는 작은 고리. 그의 손엔 어느새 만유숲에서 얻은 '칸트나의 고삐'가 쥐어져 있었다.

약 100여 명가량의 사람이 모여 있는 군락.

다른 곳에 비해 거점이라고 하기엔 큰 규모가 아니지만 군락이 형성된 곳이 C랭크의 몬스터들이 서식하고 있는 늪지대 코브라면 말이 달라진다.

이곳에 있는 한 명, 한 명이 모두 실력자.

그들은 거점의 생활자들처럼 보호해야 할 대상이 아닌 모두가 전투 요원이자 생산 요원이란 뜻이다.

[취이이이이……!!]

C랭크 거대한 늪지뱀이 날카로운 울음소리를 뱉어냈다.

"모두 위치로!!"

"준비!!"

명령을 받은 사람들이 마치 군인처럼 일사불란하게 진형을 짜면서 움직이기 시작했다.

착!! 차착!!!

익숙한 모습. 한두 번 해본 것이 아닌 듯싶었다.

부대는 비록 규모는 작았지만 창병에서부터 검병까지 구성 역시 잘 갖춰져 있었다.

"공격!!!"

선두에 선 거구의 남자의 외침과 동시에 부대원들이 늪지뱀을 잡기 위해 달려들었다.

"흐음."

언덕 위에서 위험해 보이는 사냥을 무덤덤하게 바라보는 한 남자. 그는 맹수보다 붉은색 메시지창을 보며 흥미로운 표정을 지었다.

"놀랍군. 누군가 또 첨탑의 기록을 경신했는걸."

은색에 가까운 밝은 레몬빛의 머리카락이 바람에 찰랑거렸다.

인간군 4강 중 한 명, 휀 레이놀즈.

스스로가 최강이라 생각하던 그는 심기가 불편해졌다. 한 명도 아닌 두 명이 비석에 새긴 자신의 기록을 깨버렸기 때문.

"알란."

"네."

그의 뒤에 서 있는 세 명의 남자 중 한 명이 한 발자국 앞으로 걸어 나왔다. 머리를 길게 늘어뜨리고 허리에 얇은 세검을 차고 있는 남자가 허리를 가볍게 숙였다.

"몇 명을 붙여줄 테니 지금 당장 불꽃 첨탑으로 가서 이름을 확인하고 돌아와라. 기록을 깬 자의 행보까지 확인할 수 있으면 더 좋고."

"알겠습니다."

명령이 떨어지자마자 알란은 바로 움직였다.

'대단하긴 하지만 어쨌든 아직은 이제 막 D랭크가 된 초짜일 뿐이다.'

그에 반해 자신의 부대원은 대부분이 D랭크의 끝에 있었으며 그와 세 명의 부하는 모두 이미 C랭커.

'아무리 강하다 해도 랭크의 벽은 이길 수 없지.'

그렇기 때문에 휀 레이놀즈는 자신이 있었다.

'뛰어난 인재라면 영입하면 좋겠지만. 여차하면 제거를 해버리면 그만.'

지금 이 메시지창은 자신뿐만 아니라 비석에 이름을 남겼던 상위 도전자들에게 모두 알려졌을 것이다.

"케니스, 조사하라고 했던 건 어떻게 되었지?"

"네, 아직은……. 워낙 대륙이 넓어서 조사하는 데 시간이 걸리는 것 같습니다."

알란이 떠나고 다른 한 명이 조심스럽게 대답했다. 호리호리한 체구에 새하얀 피부는 어쩐지 전투와는 어울리지 않는 외모였다.

"상관없어. 당분간 우린 이곳에서 랭크를 올릴 거니까. 하지만 무엇보다 대륙의 지리를 파악하는 게 중요해. 곧 다음 랭크를 위한 던전을 찾아야 하니까. 무슨 말인지 알겠지? 자네 부대의 임무가 막중하다는 뜻이야."

처음과 달리 D에서 C로 랭크를 올릴 땐 던전이 필요하지 않았다. 하지만 B랭크로 가기 위해선 한 번 더 랭크 업 던전에 들어가야 했다.

북부 불꽃 첨탑, 그리고 남부 경기장.

이 두 곳은 마치 처음부터 기억 속에 있었던 것처럼 저절로 떠올랐었다. 어쩌면 인류를 이곳으로 징집할 때 주신인 락슈무가 자신들에게 심어놓은 기억일지 모른다.

그러나 랭크 업 던전을 가야 한다는 것은 본능적으로 느끼고 있지만 B랭크로 올라가는 랭크 업 던전은 기억 속에 없다. 스스로 찾아야 한다.

"명심하겠습니다."

"그래, 일정 지도가 완성되면 바로바로 보고하도록."

"네."

휀 레이놀즈는 그의 대답에 고개를 끄덕였다.

그는 미국에 본사를 두고 유럽, 아시아까지 폭넓은 시장을 구축했던 IT업계의 내로라하는 사업가였다. 고작 20대 중반에 건립한 작은 회사를 전 세계적인 기업으로 키우기까지 그다지 오랜 시간이 걸리지 않았다.

그는 사람을 다루는 데 능숙했다. 그 재능은 이곳에서도 빛을 발했다.

흔치 않은 지도 제작 스킬을 보유한 케니스부터 탐색 능력을 가진 부대원들까지. 적재적소에 필요한 인재가 모두 그에게 있었다.

게다가 언제나 그들보다 더 강함을 유지하는 자신의 능력과 함께 운까지 따라주고 있다.

'지금쯤 비석에 이름을 올렸던 몇 명 역시 자신의 세력을 만들고 있을 터.'

그중에서도 그가 유심히 지켜보고 있는 남자, 워록(Warlock) 안톤 일리야.

딱 한 번 조우한 것이었지만 알 수 있었다.

'녀석은 강하다. 하지만 권좌에 오를 그릇은 아니야.'

게다가 획득한 직업 역시 자신과 견주어 보았을 때 어울리지 않는다고 그는 생각했다.

하이랜더(Highlander).

그가 첨탑에서 얻은 유니크 클래스.

통솔력이라는 히든 스테이터스를 획득하면서 그의 부대는

더 견고해졌다.

'부대를 통솔하는 힘. 이거야말로 이 세계에서 가장 강력한 힘이지.'

그의 삶이 그랬던 것처럼 이 세계 역시 자신의 편에 손을 들어주고 있다.

'권좌에 오르는 건 당연히 나다. 그렇기 때문에 이걸로 만족할 수 없다.'

그는 자신 있었다.

그 이외에는 누구도 권좌에 어울리지 않는다 정의 내리듯, 휀 레이놀즈는 이미 더 큰 그림을 구상하고 있었다. 자신의 부대원들을 각각 다른 곳으로 보낸 이유도 이곳에서의 사냥이 끝나면 새로운 거점을 만들기 위해서였다.

단순한 거점이 아닌 세력의 출발점.

"역시……. 아무리 생각해도 가장 나은 곳은 거긴가."

그는 케니스가 만든 지도를 꺼냈다.

얼마 전 보고받은 곳. 그곳엔 놀랍게도 무려 1천 명이 넘는 사람이 살고 있다고 했다. 처음엔 그 수에 놀랐지만 생각보다 그곳의 전투 요원은 많지 않았다. 기껏해야 일, 이백 명 정도.

하지만 다른 의미에선 그게 더 놀라운 일일지 모른다.

'전투 요원이 적은데 그렇게 많은 사람이 살고 있다는 건…….'

그만큼 그곳이 안전하다는 의미. 권세의 시작점으로 이만한 곳이 없다.

문제는 그곳에 있는 사람들.

'강한 힘으로 완벽하게 제압해야 한다. 그렇지 않으면 수를 믿고 쓸데없는 생각을 할 수 있으니까.'

계획은 이미 머릿속에 있다.

'부대원 전원을 C랭크로 만들었을 때가 바로 시작의 날이다.'

지도에 찍혀 있는 붉은 점 하나.

'트라멜.'

휀 레이놀즈는 생각했다.

'내가 정복하겠다.'

후우우우우우……!!!

희뿌연 모래 연기가 회오리치며 솟구쳐 올랐다.

커다란 경기장. 그 안에 각자의 무기를 들고 마주 서 있는 두 사람은 이미 피투성이가 되어 엉망이었다.

"싸워라!!! 싸워!!!!"

"죽여 버려-!!"

그럼에도 불구하고 뜨겁게 내리쬐는 태양만큼이나 뜨거운 열기와 함성이 들렸다. 오히려 그 모습에 고양된 모습.

"ŝtφX шHA……!!!"

"νωο－κ υφχωγ!!!"

함성 곳곳에선 주문같이 들리는 뜻을 알 수 없는 말들도 섞여 있었다.

그 순간, 열기의 한복판에서 붉은 비늘이 번뜩였다. 태양을 가리며 스쳐 지나가는 그림자에 모두가 고개를 들었다.

"저…… 저게 뭐야?"

"φΧνstш ΗΑ……!?"

자신들의 머리 위로 드리워진 그림자의 정체. 하늘에서 헤엄치고 있는 붉은 서펀트를 보며 그 자리에 있던 사람들은 경악할 수밖에 없었다.

"뭐, 뭐야?!!"

"위에 누가 타고 있다!!"

온몸에 기묘한 문신을 한 사람들부터 마치 다큐멘터리에서 튀어나온 듯한 부족들까지, 그곳엔 다양한 자들이 있었다.

툭.

조금 전의 열기는 온데간데없이 사라지고 갑작스러운 등장에 정적이 흘렀다.

[크으으라아……!!!]

서펀트가 내뿜는 화염도 뜨겁지 않은 듯 모두의 시선을 한 몸에 받으면서 내리는 남자.

"후, 덥군……."

바로, 강무열.

"자."

그는 거대한 콜로세움 경기장을 바라보며 기대에 찬 목소리로 말했다.

"다시 시작해 볼까."

[경기장에 도전하시겠습니까?]

[도전자 명단을 신청하시기 바랍니다.]

경기장 입구에서 무열을 바라보는 시선이 뜨거웠다.

커다란 축제처럼.

수많은 도전자가 이곳에 있었다.

대륙의 남부. 금역(禁域)이라고 불리기에 사람들의 발길이 없어 황량할 것이라 생각되었지만 오히려 반대였다. 경기장에 있는 도전자는 눈에 보이는 수만 하더라도 수십 명은 되어 보였다.

'어차피 저들 중에 나에게 위협이 될 사람은 없다.'

하지만 그들의 시선은 아랑곳하지 않고 무열은 입구에 있는 서판에 손을 얹었다.

도전자인 저들 중 대부분은 경기장에서 죽을 테고 나머지들은 칸트나 마고우와 마찬가지로 인간이 아니다. 아니, 정확히 말하자면 지구인이 아니라고 해야 할 것이다. 징집되어 온 인류가 아닌 이 세계에서 원래 살던 인류. 같은 인간이지만 다른 존재들.

'고유의 세력이 있긴 하지만 권좌에 오를 만큼 힘이 있는 자들은 없다. 애초에 권좌에 오를 생각도 없지. 백성이 왕이 되려 하지는 않으니까. 게다가 이곳 남부의 부족들은 북부에 비한다면 문명 자체도 뒤떨어지니까.'

심지어 밀림 속에서 사는 소수민족처럼 옷가지도 제대로 입지 않고 잎사귀와 가죽으로 몸을 가린 사람들도 있었다.

'뭐, 말이 아예 통하지 않는 부족들도 있고…….'

여러 가지를 생각해도 거점들이 있는 북부와 비교하면 그 차이는 명백하게 느껴졌다.

"누구냐, 너는."

서판에 손을 얹고 있는 무열을 향해 누군가 말을 걸었다. 다행히 공용어를 쓸 줄 아는 사람이었지만 그의 차림새도 썩 훌륭한 것은 아니었다.

모래에 더러워진 낡은 셔츠와 이마에서부터 목덜미까지 그려진 검은 문신, 등엔 투박한 대검을 매달고 있었다.

'용병?'

목덜미에 박은 문신의 형태는 전갈.

눈에 익었다.

'마렉 일가.'

무열의 기억에 남은 문신이었다.

'녀석들이 여기에서 시작했었군.'

마피아 출신이라는 소문은 있었지만 정확한 건 알지 못한다. 다만 확실한 건 나중에 염신위의 산하에 들어가 악질적인 것들을 도맡아 했었다는 것.

약탈, 강간, 살인…….

열다섯으로 시작한 일가는 정말로 피를 나눈 사이인지는 모르겠지만 시간이 지나 나중엔 500여 명까지 몸을 부풀려 제법 큰 세력이 되었다.

'문제는 녀석들이 돈을 따라 움직인다는 거였지만.'

더 많이 금액을 지불하는 곳이 있다면 그게 동료든 군주든 상관없이 바로 코앞의 전선에서 기수를 돌려 버리는 족속들이었으니까.

"뭔데 이상한 걸 타고 오는 거냐고."

'딱히 비석에 이름을 남긴 건 못 들었었는데……. 그래도 10년 후까지 살아 있는 걸 보니 이곳에서 죽지 않고 직업을 얻었나 보군.'

이해할 수 있을 것 같았다. 나중에야 별 볼 일 없는 녀석들이었지만 인간군 4강의 권세가 처음 만들어지기 시작하던 초기에만 하더라도 녀석들의 힘이 제법 전투의 결과에 영향을 끼쳤었기 때문이다.

'남부 경기장 출신들이 확실히 초반에 우위를 점하지.'

동급의 클래스라 하더라도 기본적인 상승 스테이터스가 높았다.

'물론 모든 남부 출신이 이름을 떨쳤던 것도 아니고.'

저들 역시 겨우 A랭크에서 끝났다.

"……."

남자의 말에 잠시 추억을 떠올렸지만 무열은 관심을 가지지 않고 계속해서 서판에서 눈을 떼지 않았다.

[강무열 : D랭크]

[이미 직업을 획득하였습니다.]

[직업 : 패스파인더]

[도전 조건에 부합하지 않습니다.]

붉은색의 경고 메시지가 떴다.

하지만 그것도 잠시, 서판에 닿아 있는 손바닥 아래에서 새하얀 빛이 일렁거리다가 사라지자 붉은색 메시지창이 깜빡거리다가 사라졌다.

[고유 스킬 : 룰 브레이크(Rule Break)]

[횟수 : 3/3]

[명명된 룰에서 벗어날 수 있습니다.]

[사용하시겠습니까?]

무열이 고개를 끄덕였다.

[룰 브레이크 사용합니다.]
[횟수 : 2/3]

그러자 마치 방송이 나오지 않는 TV 화면의 회색 잔상이 일렁이는 것처럼 경기장 서판의 등록창이 지지직거리더니 새롭게 만들어졌다.

[경기장에 도전하시겠습니까?]
[강무열 : D랭크]
[도전자 명단을 신청할 수 있습니다.]

눈으로 보면서도 믿기 힘든 상황이었다. 솔직히 긴가민가한 것도 있었다. 지금 이런 상황은 무열 말고는 대륙에 그 어떤 존재도 없었을 테니까.
모든 것이 처음. 그렇기 때문에 확신을 내릴 수 없었다.

[남부 경기장 도전 신청이 완료되었습니다.]

'됐다.'
확인창을 본 순간 무열은 서판에서 손을 떼며 회심의 미소를 지었다.
자신이 생각했던 계획, 듀얼 클래스(Dual Class).

이것으로 앞으로 있을 2, 3차 전직 역시 북부와 남부 모두에서 할 수 있게 된다. 시간은 걸리겠지만 그 누구보다 비교할 수 없는 힘을 가질 터.

'룰 브레이크가 횟수 제한이 있는 것이 아깝지만 이로써 앞으로 있을 4개의 랭크 업 던전을 모두 갈 수 있다.'

필요할 땐 과감하게 사용한다. 아끼려다가 오히려 더 안 좋은 결말을 만드는 걸 잘 아니까. 예전의 자신이 그랬으니.

6개의 비석에 자신의 이름 모두 새긴다. 그 계획이 현실로 이뤄지는 최초의 순간이었다.

"이 새끼가 귀가 처먹었……!!"

그런 중요한 순간에 녀석은 쓸데없는 방해로 무열의 기분을 상하게 만들고 있었다.

조금 전부터 옆에서 무열을 경계하며 소란스럽게 말을 걸던 마렉 일가 중 한 명.

퍼억……!!!

"너도 도전자냐."

"컥…… 커컥."

문신은 기억하지만 얼굴은 기억하지 못한다. 마렉 일가 중에서도 그다지 이름 없는 놈일지 모른다.

"도전자라면 경기장에서 만날 텐데 뭐가 궁금한 거지?"

녀석은 무열의 물음에도 대답하지 않았다. 아니, 할 수가 없었다. 무열의 손이 그의 목을 움켜쥐고 있었으니까.

"하긴, 이딴 실력으론 만날 수도 없겠지."

"커컥……!!"

그리고 그대로 힘을 조금 더 주자 남자는 제대로 서 있지도 못하고 그만 무릎을 꿇으며 주저앉고 말았다. 이대로 조금만 목을 비틀면 녀석은 끝난다.

마렉 일가. 어차피 놔둬봤자 도움이 되는 놈이 아니다. 차라리 여기서 목숨을 끊어버리면…….

"아하하하. 이거, 혈기왕성하구만?"

그때였다. 남자의 목을 움켜쥐었던 무열의 팔을 누군가가 붙잡았다. 무열의 손보다 1.5배는 더 클 것 같은 크기에, 손가락 하나하나가 일반인과는 비교할 수 없을 정도로 두꺼웠다.

꾸욱.

이미 D랭크로 전직을 한 무열이었음에도 불구하고 남자가 내리누르는 힘은 상상을 초월했다. 오히려 그가 밀리는 느낌.

"……?!"

"하지만, 친구. 남의 목숨을 멋대로 결정하는 건 아니지. 네가 신 놈이라도 되지 않는 한 말이야."

그 말에 무열이 고개를 들었다.

확실히…… 아주 잠깐이지만 그런 생각을 했다. 미래를 알기 때문에, 차라리 썩은 싹들은 미리 제거해 버리는 게 더 나은 상황을 만드는 일이라 생각했다.

얻은 적이 없었던 자신이 힘에 심취했던 것일지도.

생각지 못한 일침.

"……!!!!"

그 말을 한 목소리의 주인을 바라본 순간, 무열은 놀라지 않을 수 없었다.

어째서, 그가 여기에 있는 것인가.

무열은 하마터면 자신도 모르게 그의 이름을 부를 뻔했다.

'조태웅……?!'

무열이 처음 불꽃 첨탑을 향해 가던 도중에 가장 먼저 떠올렸던 남자. 이정진 일파에 의해서 생각지도 못하게 첨탑에 들어가는 과정에서 그를 잠시 잊고 있었다.

인연이 닿는다면…… 언젠가는 만나게 될 것이라고 막연하게 여겼던 그를 정말로 상상도 하지 못한 곳에서 만났다.

'어쩌면 불가능한 일은 아냐.'

과거, 무열은 남부 경기장에 있는 비석에 누가 이름을 새겼는지 모른다. 훈련소를 통해 북부에서 1차 전직을 한 그로서는 남부를 도전해 볼 여력도 없었으니까.

'만약…… 그가 북부에서 전직을 한 게 아니라 경기장의 서판에 이름을 남긴 자라면?'

인간군 4강보다 한 단계 아래의 랭커였음에도 불구하고 그들과 어깨를 나란히 한 존재.

'남부 출신이라면 충분히 말이 된다.'

그가 이강호를 제외하고 북부에서 전직을 한 나머지 3강과 달리 남부에서 3차 전직까지 쭉 유니크 클래스(Unique Class)를 얻은 거라면…… 한 단계 아래라도 북부에서 직업을 얻은 나머지 3강과 대적해도 절대 꿀리지 않을 터.

이강호가 인정한 유일한 독립 세력, '율도천'.

무열은 조태웅이 북부에 터를 잡았기에 당연히 북부에 있을 것이라는 자신의 추측이 시작부터 잘못된 것일지 모른다고 생각했다.

"그러니 좋게좋게 가자구. 다 같은 사람들끼리 밖에서 싸워서 뭐해? 안 그래?"

"……."

조태웅은 무열의 어깨를 툭툭 쳤고 무열은 목을 쥐고 있던 손을 풀었다.

"쿨럭!! 쿨럭!!!"

선명하게 손가락 자국이 남은 목을 부여잡으면서 간신히 숨을 토해내는 남자. 입가에 분비물을 닦을 생각도 없이 그는 무열을 향해 소리쳤다.

"이 개자식이!!!"

그와 동시에 여기저기에서 들리는 병장기 소리. 마렉 일가로 보이는 몇몇 사람이 무기를 뽑아 성난 얼굴로 무열에게 달려들려 했다.

퍼억-!!!

그때였다.

아무도 말리지 못하고 말릴 새도 없이 위에서 찍어 누르는 주먹.

방금 전 자신이 겪은 상황도 잊은 듯 도리어 무열에게 소리쳤던 남자가 비명조차 지르지 못한 채 그대로 머리를 바닥에 처박으면서 뻗어버렸다. 무열에게 달려들려던 남자들조차 그 광경에 깜짝 놀라며 발을 멈추었다.

"이것 참. 내 말 같지 않나 보지, 응? 밖에서 싸우지 말자니까. 안에 들어가면 질리도록 네놈들 피를 볼 텐데."

일격(一擊).

뻗은 남자의 다리가 부르르 떨리고 있다. 엄청난 힘이었다.

"데리고 가라."

조태웅은 귀찮은 듯 일어서며 남자들에게 말했다.

"다들 경기장에서 보자고."

씨익 웃으면서 벌어지는 입안에 박힌 금니가 번쩍였다. 정작 저 모습을 봤으니 절대로 출전하지 못할 것 같지만 말이다.

"크크……. 저런 놈들은 나와봤자 귀찮지. 귀여운 녀석들. 안 그래?"

전직 마피아 출신이라는 소문까지 돌았던 잔인하기 그지없는 그들을 우습게 생각하는 조태웅의 대담함은 대단한 걸 뛰어넘어 황당할 정도였다.

"그렇군."

하지만 이미 그런 그를 잘 알고 있는 터라 무열은 담담하게 대답했다.

자신의 말에 동감을 해주자 조태웅은 무열의 등을 착! 때리면서 호탕하게 웃었다.

"하하하!! 역시, 강자는 강자를 알아보는 법이지."

등이 얼얼했지만 무열은 그보다 불현듯 혼자만의 기억이 떠올라 자신도 모르게 낮은 목소리로 중얼거렸다.

"……사투리를 안 쓰는군."

"응? 아하하. 티가 나나? 딱히 화가 나거나 하지 않으면 튀어나오진 않는데 말이야. 나름 서울로 상경한 지 꽤나 오래됐는데 잘 고쳐지지 않는구만."

무열의 말에 그는 머리를 긁적이며 호탕하게 웃었다. 생각해 보면 그의 말투를 처음 들었던 것은 그가 이정진의 목을 베려는 순간 이강호가 말렸을 때였을 뿐이니까.

"별로……. 알기 쉬워서 좋긴 하겠군."

그가 진짜 화가 났을 때가 언제인지 말이다. 마치 확인을 하는 것처럼 말하는 무열이 조금 의아했지만 조태웅은 굳이 상관하지 않는 듯 경기장을 바라보며 말했다.

"좋아, 맡겨놓은 무기를 가지러 가 볼까. 자넨 정말 경기장에서 보자고. 재밌을 것 같으니."

생각지 못한 만남. 단발성이 될지 아니면 그가 생각한 것처럼 이어져 어떤 결과를 만들지는 모른다.

하지만 중요한 건.

'조태웅이 경기장에 나온다.'

라는 사실일 것이다.

무열은 다른 사람들을 압도하는 커다란 덩치로 성큼성큼 걸어가는 그의 뒷모습을 보며 쉽지 않은 경기가 될지도 모른다는 생각이 들었다.

"저기요."

이런저런 생각에 빠져 있을 때 자신을 부르는 여린 목소리가 있었다. 무열은 소리를 따라 고개를 돌렸지만 아무도 보이지 않았다.

"여기요, 여기!"

시선을 아래로 내리자 자신의 허리 정도밖에 오지 않는 작은 아이가 그의 옆구리를 쿡쿡 찌르면서 말하고 있었다.

동글동글한 눈동자. 까무잡잡한 피부에 귀가 마치 엘프처럼 길게 나 있고 구멍이 뚫린 터번을 쓰고 있는 아이.

'엘리젤 일족인가.'

남부 지역에 사는 소수민족 중 하나였다.

어려 보이는 외모 때문에 나이를 가늠하기 어려운 그들이었기 때문에 어쩌면 무열에게 말을 건 이 아이도 어린애가 아닐지도 모른다.

"그거 곡도 아니에요?"

"음?"

아이가 무열이 가지고 있던 '라이칸스로프의 발톱'을 가리켰다.

"흐음, 내가 보기에 아저씨랑은 잘 안 어울리는 것 같은데. 불편하지 않아요?"

그러고는 마치 자신에 대해서 아는 것처럼 묘한 웃음을 띠면서 아이가 말했다.

"마침 좋은 '검'이 하나 있는데……."

아이는 기다렸다는 검지를 세우며 말했다.

"필요하지 않으세요?"

13장
퀘스트

"……뭐?"

엘리젤 일족 아이의 말에 무열은 살짝 놀랐다.

확실히 그가 가지고 있는 무기는 곡도가 맞다. 하나 그 사실이 놀라운 게 아니다.

'이 녀석, 내가 소드 스킬(Sword Skill)을 익힌 걸 알고 있는 건가?'

노련한 검사라면 혹시라도 그럴 수도 있다. 움직임, 보폭, 자세. 이런 것들에서 흘러나오니까.

특히, 그가 회귀를 한 이후부터 지금까지 꾸준하게 해온 훈련법 역시 검병부대 시절에 익힌 것들이었으니까.

그러나 눈앞에서 반짝거리는 눈빛으로 자신을 바라보는 아이는 그런 노련하고 경험이 많은 자가 아니다. 외모로 봐선 기껏해야 열 살짜리 여자아이. 뜨거운 남부의 기후를 이겨내고 자라난 그녀는 온실 속의 화초처럼 키워진 게 아닌지 어린 모습임에도 불구하고 무척이나 튼튼해 보였다.

장난기 가득해 보이는 얼굴로 자신을 바라보고 있는 수상쩍은 아이를 향해 무열이 말했다.

"내가 왜 검이 필요하다고 생각하지?"

"헤에, 딱 보면 알죠. 경기장 서판에 등록하는 걸 봤어요. 제 감이 맞다면 승리를 위해서 딱! 아저씨한테 필요할 것 같은데. 어때요? 절 따라오시겠어요?"

"마치 네가 얘기하는 그 검이 없으면 내가 질 거라는 말로 들리는데?"

무열의 도발에도 아이는 마치 능숙한 상인처럼 그의 주변을 한 바퀴 휘리릭 돌면서 말했다.

"에이, 좀 전의 모습만 봐도 알겠는데요. 단지 아저씨에게 어울릴 만한 무기가 있어서 그렇죠. 좋아요. 안 사도 상관없어요. 하지만 일단 물건이나 한번 보는 게 좋지 않을까요?"

"……."

나쁘지 않은 제안이다. 이 세계는 분명 규율이란 시스템이 적용되는 세상이지만 그렇다고 마치 게임처럼 정해진 무기가 아니면 스킬을 사용할 수 없거나 하진 않는다. 하지만 익힌 스킬의 위력을 100% 끌어내기 위해선 거기에 맞는 무기를 사용하는 것이 좋다.

무열이 익힌 강검술과 비연검은 도법이 아닌 검술.

지금까지 획득한 무기 중엔 그나마 '라이칸스로프의 발톱'이 유일한 레어 웨폰. 대체할 수 없는 가장 좋은 아이템이었기 때문에 지금껏 사용하고 있었을 뿐이니까.

'나중에 거점 상점이 생기면 그때 거기에서 검을 사려고 생각하긴 했었지만.'

거점 상점은 앞으로 몇 개월은 더 지난 뒤에나 나온다.

갑작스러운 제안이지만 만에 하나 이 아이가 D급 레어 이상의 무기를 보유하고 있다면 충분히 거래해 볼 만한 일이었다.

'특히 엘리젤 일족은 손재주가 좋으니까.'

무열은 생각을 굳혔다. 행여나 이 일에 다른 꿍꿍이가 있는 것이라 할지라도 자신이 있었기 때문이다.

그럴 일은 없겠지만 최악의 상황에서 고유 스킬인 '룰 브레이크(Rule Break)'라는 비장의 한 수를 가지고 있으니 말이다.

"좋아, 네 말도 일리가 있군. 어디 한번 물건이라도 보지."

"그렇게 나와야죠!! 히힛!!"

무열이 고개를 끄덕이자 아이는 기분이 좋은 듯 손가락을 탁! 튕기면서 말했다.

"참! 제 이름은 리앙제입니다요."

씨익 웃으면서 달려가는 아이의 뒷모습을 보면서 무열은 천천히 발걸음을 옮겼다.

“자네로군.”
마치 기다렸다는 듯 말하는 낮은 목소리. 커다란 천막 안에 앉아 있는 노인이 양옆의 부축을 받으면서 일어섰다.
‘흐음.’
리앙제를 따라 경기장 뒤에 있는 마을을 통과한 뒤에 거의 반나절을 걸어왔다.
도전자들의 휴식을 위한 이름 없는 작은 마을에서 조금만 벗어나도 남부 일대는 아무도 살지 않는 황폐한 사막의 모습뿐이었다.
그럼에도 불구하고 아무런 표식도 없는 길을 리앙제는 신기할 정도로 잘 찾았다.
그리고 도착한 곳이 이곳. 마치 몽골의 전통 가옥인 게르(Ger)처럼 천장이 둥근 형태의 천막은 뜨거운 남부의 열기에도 불구하고 내부는 시원했다.
서늘하게 코끝을 자극하는 냉기.
‘마법……?’
가운데 보글보글 끓고 있는 냄비 안에 정체불명의 액체를 보면서 무열은 생각했다.
‘아니, 주술이겠군.’
액체에서 흘러나오고 있는 새하얀 연기가 피부에 닿을 때마다 차갑게 느껴졌기 때문이다.

딱 잘라서 나눌 순 없지만 대체로 북부는 마법, 남부는 주술에 뛰어났다.

"날 찾은 건가?"

"후훗……. 자넬 찾았다기보다는 자네 같은 사람을 찾은 것이라고 해야겠지."

언뜻 듣기에는 똑같은 말을 반복하는 것 같지만 중요한 차이가 있었다.

부족장은 자신의 옆으로 달려온 리앙제의 머리를 쓰다듬으면서 말했다.

"검…… 이로군."

"맞네."

무열은 부족장의 말을 단번에 알아차렸다.

"정확히는 '검을 쓰는 뛰어난 자'라고 하는 게 옳겠지."

무열이 고개를 아래로 내리며 리앙제를 바라봤다.

손재주가 뛰어난 엘리젤 일족. 비록 소수민족이긴 하나 그 능력이 거의 드워프와 맞먹는다는 소문이 있다. 아니, 소문은 실제로 이미 증명이 되었다.

'지금은 아니지만 염신위가 남부의 절반을 통일하면서 엘리젤 일족을 흡수해 이들을 공방의 일원으로 합류시켰었지.'

그 뒤에 생산되는 무기들은 북부 이강호의 거점 대장간에서 만들어지는 것들과는 질적으로 달랐다.

'염신위가 그나마 이강호보다 나은 점이 있었다면 바로 이 세계의 주민들까지도 자신의 세력에 포함시켰었다는 것.'

이강호는 철저하게 지구인만을 받아들였다. 세븐 쓰론에서 살고 있던 이종족들 중에 특히 그의 권세가 닿는 북부 같은 경우엔 단 한 명도 남기지 않고 몰살했다.

권좌를 향하는 길엔 오직 인간만을 믿을 수 있다.

'그때는 그 말이 오히려 신뢰를 쌓고 멋지게 들렸었지만 지금 생각해 보면 이강호가 다른 이들을 믿지 않아서였다고 생각되는군.'

카스테욘숲에서 그의 본 모습을 봤으니까.

'이미 지나간 일이다.'

더 이상 이강호라는 존재는 없다. 무열은 앞으로의 일만을 생각해야 한다고 스스로 다짐했다.

"저 꼬마가 괜찮은 물건이 있다고 하던데."

끄덕.

부족장이 고개를 움직이자 천막 안에 있던 사람들이 황급히 밖으로 나갔다.

"우린 대대로 무구보다는 조각품을 만드는 일족이네. 적어도 섬세한 작업을 요하는 조각술에 우리만큼 뛰어난 손재주를 가진 일족은 없을 걸세."

자부심이 가득 담긴 말이었다. 최고임을 당당하게 말하는 그의 모습은 모르는 사람이 들으면 건방져 보일 수도 있겠지만 무열은 달랐다.

"알고 있다. 소수민족이기도 하고, 다른 일족에 비해서 절대적으로 전투 인원이 부족한 편이지."

"크흠……."

무열의 말에 부족장은 살짝 놀란 표정을 지었다.

"그다지 우린 외부로 모습을 드러내지 않는데……. 놀랍군. 북부 출신의 자가 우리에 대해서 알고 있는 것 같으니 말이야."

"왜 내가 북부 출신이라고 생각하지?"

부족장은 손가락을 펼치며 무열의 곡도를 가리켰다.

"라이칸스로프. 남부엔 존재하지 않는 몬스터니까. 굳이 따지면 우린 샤벨리거의 송곳니를 대신 사용하거든."

저들에겐 아이템 명칭은 보이지 않는다. 이쪽 세계의 사람이 아닌 이(異)세계인이자 도전자인 우리들에게만 주신 락슈무의 안배로 아이템의 능력치, 상태창, 인벤토리 같은 시스템이 보이는 것이다. 그럼에도 불구하고 부족장은 무열의 곡도를 보고 단번에 그 재료를 알아맞혔다. 대단한 눈썰미가 아닐 수 없었다.

"그런데 어째서 내가 검이 필요하다고 생각하지? 당신들 제안이 어떤 건지도 모르는데 말이야."

"아는 게 아니에요. 아저씬 필요할 수밖에 없으니까예요."

"리앙제!"

두 사람의 대화 도중에 끼어든 그의 행동에 깜짝 놀라 뒤에서 있던 사람들이 그녀를 황급히 말렸다.

"괜찮네. 그냥 두게나."

하지만 아이의 무례함보다는 오히려 무열의 발언이 맞다는 듯 부족장은 고개를 끄덕였다.

"적어도 이 아이의 눈이 틀린 적은 없었답니다."

"꼬마, 넌 지금 나에게 뭐가 보이지?"

"전 꼬마가 아니에요. 뭐, 딱히 이상한 건 없는데요. 단지 그냥 느낌에 아저씨는 검이 있을 때 더 잘 싸울 것 같아요. 조금 묵직한 게 어울릴 거 같긴 한데……. 또 한편으론 가벼운 게 필요한 것도 같고."

리앙제는 자신이 말하면서도 이상한 듯 고개를 좌우로 까닥거렸다.

"잉? 뭐지? 처음엔 무거운 느낌이 더 강해서 아저씨한테 '그걸' 가져오라고 했는데……. 할아버지, 지금 보니까 가벼운 것도 쓸 수 있을 것 같은데요?"

"네 말은 '두 번째'까지도 저 사람이 사용할 수 있을 거란 말이냐."

"아마도요."

무열은 자신을 유심히 살펴보는 리앙제를 바라보았다. 마치 그를 감정하듯 찬찬히 위에서 아래로 훑고 있었다.

무겁고 가벼움.

무슨 말인지 단번에 알 수 있었다.

바로, 강검술과 비연검.

'훔쳐보기(Snooping)……?'

아니다. 조금 다르다. 도적 클래스(Thief Class)를 얻은 사람 중엔 상대방의 인벤토리 내의 아이템 목록을 볼 수 있는 스킬인 훔쳐보기를 가진 자들이 있다. 그들 중의 일부는 스킬의 숙련도가 높으면 상대방의 능력치의 일정 부분을 알 수 있기도 하다.

'엘리젤 일족이 도적 스킬을 가지고 있진 않을 것이다. 그렇다면…….'

아이템 감정(Item Identification).

무기나 방어구 등의 내구도 및 성능, 그리고 가치를 판단할 수 있는 스킬.

주로 아이템을 제작하는 제작자들이 습득할 수 있는 생산 스킬이지만 손재주가 뛰어난 엘리젤 일족이라면 리앙제의 나이에도 충분히 고(高)랭크의 스킬을 보유하고 있을 수도 있다.

'어쩌면 태생적으로 그 수치가 높을 수도 있지.'

그렇게 되면 자신이 제작한 무기가 어떤 사람에게 어울리는가, 혹은 상대방에게 어떤 아이템이 상성이 좋은가를 판단할 수 있게 되기 때문이다.

'어른들보다도 더 뛰어난 능력을 보유하고 있는 것이라

면…….'

그 순간, 무열의 눈빛이 빛났다.

'아이템 감정 스킬은 배우는 것도 어렵고 배우는 사람도 거의 없다.'

15년 뒤, 트라멜 무기고에 있던 수석 대장장이조차도 감정 스킬은 겨우 B랭크에 머물렀을 뿐이다.

'그런 시점에서 이 아이 정도면…….'

무열은 리앙제를 바라보며 생각했다.

그 순간, 천막의 문이 열리면서 조금 전 나갔던 사람들이 커다란 상자를 가져왔다.

쿵.

내려놓은 상자의 무게가 느껴졌다.

무열은 상자 옆에 작은 또 하나의 상자를 바라보다가 부족장을 향해 시선을 옮겼다.

"리앙제의 눈이라면 우리도 믿을 수 있겠지."

탈칵.

그는 두 상자의 잠금쇠를 풀고 커다란 나무 상자의 문을 열면서 말했다.

"자네가 진정 경기장에 출전하는 도전자라면…… 우리의 제안을 들어줄 수 있겠는가?"

각각의 상자 속에 들어 있는 두 개의 검.

그것을 본 순간 무열의 눈동자에는 놀라움과 경악, 그리고 의문이 가득 찼다.

'이건……?!'

기다란 롱소드 한 자루, 그리고 짧은 소검 한 자루.

두 자루 모두 날카롭게 번뜩이면서 연노란 빛을 띠고 있다.

검의 진위를 떠나 이 자리에 그가 알고 있는 두 자루의 검이 함께 있다는 것만으로도 놀라울 따름이었다.

'번개군주, 안톤 일리야가 썼던 뇌전(雷電)과 뇌격(雷擊)이잖아?! 이 검이 여기에서……?'

이해할 수 없는 일이다.

안톤 일리야. 인간군 4강 중 한 명.

다른 것보다 그는 이미 불꽃 첨탑에 이름을 올렸다.

'그가 전직과 상관없이 이곳에 들렀다?'

부족장은 무열의 안색을 살피면서 자신의 앞에 있는 두 자루의 상자를 그의 앞으로 밀면서 말했다.

"어떤가. 우리와 거래를 하겠는가?"

"거래? 조건이 뭐지?"

혼란스러운 도중에도 무열은 부족장이 하는 말을 주의하며 물었다.

본능적으로 알 수 있었다. 이건 단순히 금액을 지불하고 물건을 사는 그런 거래가 아니다.

"이곳에 머물고 있는 도전자 중 한 명."

부족장은 의미심장한 눈빛으로 무열을 바라보며 말했다.

지금까지 아무렇지 않은 표정으로 말하는 그에게서 섬뜩함이 느껴졌다. 그리고…… 무열의 예상대로 그의 입에서 흘러나오는 말 역시 섬뜩하기 그지없었다.

"그를 죽여주게."

단호한 한마디.

"……!!"

지겹도록 피가 난무하는 경기장이라는 것을 알고 있음에도 그곳이 아닌 다른 곳에서 누군가를 정확히 노리고 살인 청부를 하는 일은 상상조차 하지 못한 일이었다.

"그런 일을 내가……."

무열이 대답을 얼버무리려 하는 순간, 놀랍게도 하나의 메시지창이 그의 앞에 생성되었다.

[퀘스트를 발견했습니다.]

[퀘스트명 : 엘리젤 일족의 제안]

[난이도 : D-A급]

[보상 : 뇌전(雷電), 뇌격(雷擊)]

[엘리젤 일족이 만든 두 자루의 비검. 가치를 판단할 수 없을 정도의 검이지만 그것을 사용할 수 있는 존재를 아직 찾을 수 없다. 엘리젤 일족이 만든 무기는 그 하나만으로도 강력한 힘을 발휘한다고 전해진다. 다만, 그들의 무기를 얻기 위해선 그에 상응하는 대가를 치러야 한다.]

[퀘스트를 수락하시겠습니까?]

무열은 붉은 메시지창을 바라보며 한동안 말을 잃었다. 세븐 쓰론의 퀘스트는 하나하나가 절대로 평범하지 않다.

단순히 몇 마리의 몬스터를 죽이고 저절로 보상이 생성되는 것이 아닌 모두 이 세계와 연관된 일들. 말 그대로 대륙에서 일어나는 진짜 '사건'들이 바로 퀘스트화되는 것이다.

'그렇기 때문에 가장 평범한 퀘스트가 바로 1차 전직을 한 뒤에 나타나는 잡 퀘스트(Job Quest)지만 그것도 어떤 직업을 얻느냐에 따라서 다르다. 아예 없는 것도 많지.'

첨탑 1층에서 얻는 평범한 직업들이 그렇다. 단순히 검사나 권사와 같은 클래스를 얻은 사람들에겐 퀘스트가 주어지지 않는 이유는, 어쩌면 이 세계 역시 일반인보다 소수의 능력자에 의해 좌지우지되기 때문일 것이다.

'생각해 보면 난 히든 클래스를 얻고 난 뒤에 딱히 그에 관련된 퀘스트를 얻지 못했어.'

어쩌면 이게 패스파인더라는 클래스와 연관이 있는 퀘스트인 것일까? 아니면 자신이 익힌 두 개의 검술, 강검술과 비연검에 관련이 있는 것일지도 모른다.

"그래, 어떤가?"

여러 가지 생각이 복잡하게 무열의 머릿속에 뒤엉켜 있는 순간 부족장이 그를 바라보며 말했다.

뇌전(雷電)과 뇌격(雷擊). 실로 탐나는 물건이다.

워록(Warlock) 안톤 일리야. 불꽃 첨탑에서 유니크 클래스를 획득했던 그는 지금 이 당시는 다른 3강들과 달리 그다지 유명세를 얻진 못했었다. 4대 원소의 힘을 사용할 수 있는 강력한 직업이지만 다른 3강들에 비해서 접근전에 너무나 취약했다. 그런 그가 당당하게 인간군 4강에 오르면서 자신의 권세를 취할 수 있었던 힘.

'그게 바로 이 두 검 때문이다.'

2차 전직에서 놀랍게도 다른 3강들과 달리 그는 평범한 클래스인 '용병(Mercenary)'을 택했다. 그 사실에 대륙에 있던 강자들은 모두 다 경악했지만 안톤 일리야의 과감한 선택이 그를 4강으로 올라가게 만들어준 신의 한 수였다.

'용병 클래스는 그 자체로도 생존력이 강한 장점이 있지만 무엇보다 고유 스킬인 웨폰 마스터리(Weapon Mastery)라는, 각종 무기를 모두 다룰 수 있는 능력이 있다.'

치열한 전장 속에서 손에 잡히는 모든 것을 무기로 사용할 수 있는 능력은 어떻게 보면 하나의 무기를 극의로 끌어올리지 못하는 어중간한 능력으로 보이지만 애초에 근접전에 취약한 것이 단점인 안톤 일리야에겐 최고의 직업이었다.

'듀얼 소드를 쓸 수 있는 원소술사. 지금 생각해도 강력한 존재다.'

그런 안톤 일리야를 있게 만든 두 자루의 검이 지금 무열의 눈앞에 있는 것이다.

흔들리기 충분한 매력적인 아이템.

"훗."

무열은 그들을 향해 가볍게 웃었다.

"다짜고짜 사람을 죽이라니. 내가 청부 살인이라도 하는 사람으로 보이는가? 저 꼬마는 검을 볼 줄은 알지만 사람을 볼 줄은 모르는 것 같군."

"그, 그건……!!"

오히려 냉소를 띠는 그의 반응에 리앙제는 다급하게 뭐라 말하려 했다.

"당신들은 거래의 기본이 되어 있지 않군. 거래가 필요하다면 자신이 가지고 있는 모든 패를 보여야지."

"……."

퀘스트 메시지창을 보면서 무열은 생각했다. 이 퀘스트에는 뭔가 다른 것이 숨어 있다고.

'이 두 자루의 검의 가치를 보이기 위해 사람을 죽이는 것은 아닐 것이다. 그렇다면…….'

자신들의 검을 내어줄 정도로 그자의 생사가 일족에게 중요하기 때문일 터.

"지금 처한 당신들의 상황부터 설명해야 하는 게 옳다고 보지 않은가?"

부족장은 무열의 말에 잠시 고민을 하다가 결국 고개를 끄덕였다. 그러고는 그의 앞에 자리를 내어주면서 말했다.

"내가 성급했군. 자네의 말이 맞네. 우리 상황이 급박해서 제대로 된 설명을 하지 않고 제안부터 했으니 말일세."

'지금부터가 시작이다.'

무열은 퀘스트 메시지창이 생성됐음에도 불구하고 그걸 수락하지 않았다.

이곳에서의 일들이 단순히 HP가 있고 죽어도 부활할 수 있는 게임이고 좋은 보상이 주어진다면 내용 따위는 읽어보지도 않고 수락했을지도 모른다.

하지만 이건 절대로 게임이 아니다.

목숨, 그리고 운명이 달린, 세계만 다를 뿐이지 분명한 삶이었기 때문이다.

생각하지 못하고 내린 선택들, 그로 인한 후회.

'훈련소에서 일방적으로 내려주는 미션들 때문에 그토록 많은 기회를 놓쳤었으니까.'

과거의 기억 때문에 주의 깊게 둘러볼 수 있는 통찰력이 생겨 이런 상황이 만들어진 것이다. 퀘스트를 수락하기 이전에 더 많은 정보를 얻을 수 있는 기회를 가진 것.

"남부 일대는 크게 다섯 부족이 존재하네. 이매 일족, 부이족, 엘라 일족, 창 일가, 그리고 마지막으로 타샤이 부족까지. 그중에서도 우린 창 일가에 속해 있는 부족이라네."

부족장은 다섯 손가락을 쫙 펴면서 말했다.

"……."

들어본 적이 있는 부족들이다.

'염신위가 남부 일대의 부족들을 통합하여 자신의 세력으로 흡수한 부족 중에 확실히 이런 이름들이 있었다. 제법 세력이 커서 나중에 염신위의 별동대로 활약을 했었는데.'

무열은 살짝 고개를 갸웃거렸다.

'창 일가……?'

자신이 모르는 것일 수도 있지만 그런 부족의 이름은 처음 들어봤다.

'아니, 그렇진 않을 거다.'

무열이 획득한 퍼스트 킬러(First Killer)처럼 남부 일대 통합이라는 위업을 달성한 염신위의 일은 전 지역에 알려졌기 때문이다. 그 과정에서 그가 흡수한 부족들의 이름도 메시지창에 나타났었다.

무열은 그때를 확실히 기억하고 있었다.

'염신위는 창 일가를 흡수하지 않았다. 그 말은 두 가지겠지. 그 이전에 사라졌거나, 아니면 염신위에 의해서 사라졌거나.'

어떤 선택이든 결과적으로 엘리젤 일족이 소속되어 있는 창 일가는 멸족했다는 말.

"원래 남부 경기장은 이 다섯 부족이 자신의 힘을 경합하는 자리였네. 그리고 매해 우리 창 일가가 검의 구도자를 차지했었지.”

‘……검의 구도자?’

순간 무열의 눈이 번뜩였다.

“그런데 이번에 창 일가의 가주였던 오르도 창 님이 죽고 말았네. 이번 경기에 진출을 할 사람이 없게 되어버린 거지.”

“도전자를 구하는 것이라면 그건 창 일가에서 해결을 해야 할 일 아닌가?”

“그렇지 않네.”

부족장은 의자의 손잡이를 꽉 붙잡았다. 노년의 그가 부들부들 떨릴 정도로 그의 분노가 여실히 느껴졌다.

“부이족 놈들……. 그 녀석들이 더러운 수를 썼네. 외지인을 통해 오르도 창 님을 암살한 것이네!”

‘외지인?’

바로, 자신들과 같은 사람들을 말하는 것이다.

“그래서 나도 암살을 해달라? 그 범인을?”

부족장은 고개를 끄덕였다.

“녀석들은 비열했지만 우린 다르네. 경기장의 도전자라면 도전자들끼린 경기장 밖에서도 정당하게 살인을 할 수 있다고 알고 있네. 우린 창 일가를 대신해서 정정당당하게 부이족 녀석들에게 복수를 하고 싶을 뿐이네. 자네가 우리의 검을 들고서.”

“풋.”

그때였다. 큰 결심이라도 한 것처럼 진지하게 말하는 부족장의 말에 무열은 코웃음을 쳤다.

"무, 무슨!!"

그 모습에 뒤에 서 있던 엘리젤 일족의 남자들이 벌떡 일어났다.

"어이, 너희들이 노려봤자 딱히 무서운 얼굴도 아니니 그냥 앉아 있지그래? 외지인인 나에게 의뢰를 할 정도로 당신들의 절박함은 충분히 이해했으니까."

"하지만 비웃었잖아요!! 아저씨가 지금 우리 심정을 알기나 해요?!"

손사래를 치며 자신을 노려보는 남자들에게 무열이 말하자 리앙제가 대신 소리쳤다. 커다란 눈에 눈물이 글썽이는 모습이 어지간히도 속상했던 모양이었다.

"모르지. 그런데, 꼬마야. 네가 들어도 웃길 텐데. 정정당당이란 말이. 이미 나에게 의뢰를 하는 순간 정정당당한 건 아니지 않아?"

"그, 그건……!!!"

억울한 듯 뭐라고 답을 하고 싶었지만 리앙제는 입술만을 들썩일 뿐이었다.

"뭐, 좋아. 무슨 상황인지 이해했다. 대신, 한 가지 묻고 싶은 게 있다."

"그게 무엇이지?"

"어째서 저 꼬마의 눈을 믿는 거지? 다른 사람도 아닌 저 아이가 내가 당신의 검과 어울릴 것이라고 한 말에 의심을 하지 않는 것 같던데."

그 순간, 부족장의 눈동자가 살짝 흔들렸다. 무열은 그걸 놓치지 않았다.

"후우……. 우리 일족이 손재주가 뛰어나다는 건 자네도 아는 것 같네만 이 아이는 그중에서도 특출하기 때문일세. 이 일을 평생의 업으로 한 나조차도 이 아이의 눈을 따라갈 순 없으니까."

'역시.'

이것으로 확실해졌다.

리앙제.

나이가 어려 아직은 일족 특유의 제작 스킬은 낮을지 몰라도 태생적으로 감정 능력이 뛰어난 아이.

"원한 관계는 피하는 게 답이지만 그 안에 외지인이 끼어 있는 문제라면 말이 달라지지. 제안을 받아들일 수도 있다."

"저, 정말인가?"

무열의 말에 화색이 도는 사람들.

"그자의 정체가 뭔지 알고 있나?"

"물론이네. 그 사건 이후 부이족을 대표해서 경기장에 출전한다는 얘기가 있으니."

"외지인을 고용해서 경기장에 진출한다라……. 분명 경기장은 부족의 힘을 겨루는 자리라고 하지 않았나? 우습군."

"……."

부족장은 신랄한 무열의 말에 고개를 들지 못했다.

그런 그를 바라보면서 무열은 이제 자신이 패를 내어놓을 때라는 걸 알았다.

"그렇다면 내가 더 완벽한 복수를 해주겠다."

"그게 무슨……."

"창 일가를 대신해서 경기장의 우승을 가져다주지."

"……!!"

[퀘스트가 변경되었습니다.]

[퀘스트명 : 엘리젤 일족의 검]

[난이도 : D-S급]

[보상 : ???]

[개척자 강무열이 엘리젤 일족에게 건넨 새로운 제안. 그 스스로가 일족의 검이 되어주기로 말하다. 수락 시 '엘리젤 일족의 제안'은 사라지며 대신 '엘리젤 일족의 검'이 생성됩니다.]

'퀘스트가 변했다?'

이건 생각지도 못한 일이다. 게다가 난이도도 올라갔고 보상도 알 수 없다. 단지 일정 조건을 만족시키면서 수행하는 미션이라고 생각했는데 그게 아니었다. 상황마다 어떤 일이 있을지 모르는 것처럼 퀘스트 역시 정해진 것이 아니라는 말.

'어쩌면 지금까지 알려진 퀘스트도 그게 끝이 아닐 수 있겠군.'

"그 녀석을 죽여서 너희들이 얻는 게 뭐지? 창 일가에서 경기장에 내놓을 도전자가 없다면 결국 다른 부족에게 빼앗길 뿐. 다른 부족들이 호시탐탐 노리는 우승자의 자리를 내가 지켜주겠다."

"정말…… 할 수 있겠는가?"

부족장은 떨리는 목소리로 무열에게 물었다. 경기장의 우승은 이미 포기하고 있던 일이다. 수많은 도전자와 싸워야 하는 상황에서 정확히 목표를 노리는 건 힘든 일. 그렇기에 외부에서 노리려고 했었다. 하지만 오히려 무열은 자신들에게 승리를 가져다주겠다고 했다.

"물론이다."

그들의 생각과 무열의 생각은 달랐다.

경기장 우승. 어차피 해야 할 일이었다. 거기에 퀘스트까지 더해진다면 금상첨화일 뿐.

다만…… 한 가지 걸리는 것이 있다면.

'퀘스트의 난이도.'

무려 S급.

등급은 랭크와 비례해서 상대적으로 표시된다. 즉, 현재 D랭크인 무열이 클리어하기에 S급이라는 뜻. 결코 쉬운 일이 아닐 터.

"너희들이 지목한 부이족의 검이 누구지? 창 일가의 우두머리를 살해한 녀석."

"분명…… 이런 이름이었다."

부족장의 마지막 말을 듣는 순간, 무열의 눈썹이 처음으로 크게 꿈틀거렸다.

"카토 유우나."

'히든 이터(Hidden Eater). 그녀가 이 일에 관여되어 있는 건가?'

순간, 무열의 머릿속이 복잡해졌다.

'말도 안 돼. 있을 수 없어. 그녀는 분명…… 불꽃 첨탑에서 직업을 얻을 텐데?'

그런 그녀가 경기장에 있다. 그것도 랭크 업을 할 수 있는 남부 경기장에 출전한다는 것 자체만으로도 충분히 카토 유우나는 이곳에서 직업을 얻은 것을 의미한다. 그 말은…….

'그녀는 첨탑에서 직업을 얻지 않는다?'

칸트나 마고우.

무열은 고개를 저었다.

'아냐, 분명 그녀는 전직을 위해 첨탑에 들렀다. 말이 되지 않아. 그녀가 첨탑을 가지도 않고 이곳에서 직업을 얻는다는 것은……. 게다가 그녀가 칸트나 마고우의 죽음을 알고 이곳에 오는 것 역시 시간상 맞지 않고.'

무열의 머릿속이 복잡했다.

'설마…… 그런 건가.'

생각할 수 있는 건 단 하나.

'처음부터 카토 유우나가 남부에서 시작을 한 사람이라면……? 그녀는 다른 4강에 비해 눈에 띌 정도로 불꽃 첨탑 직업을 얻은 게 늦었던 후발 주자였다.'

그 말은 곧.

'나와 마찬가지로…….'

무열이 북부에 먼저 갔다면 카토 유우나는 남부에 먼저 가서 그가 계획하는 것과 똑같이.

'경기장에서 직업을 얻지 않고 북부로 온 것이다?'

그렇다면 설명이 된다. 그녀가 첨탑에 늦게 도착한 이유가.

'하지만 어째서?'

일반적으로 경기장의 난이도가 첨탑의 난이도보다 높다. 남부 자체가 금역이라 불릴 만큼 위험도가 높다는 건 반년이 지난 지금도 알려져 있는 일이었다.

'혹시…… 내가 모르는 다른 이유가 있다면?'

꿀꺽.

어쩌면 그녀는 무열, 자신이 생각하는 것 이상의 존재일지 모른다는 생각이 들었다.

'카토 유우나.'

그녀의 존재 자체가 위협적이다. 평면적인 다른 4강의 행보와 달리 그녀는 종잡을 수 없다.

'어쩌면 지금이 기회일지도…….'

조태웅, 카토 유우나, 그리고 자신. 이 세 명이 경기장에서 만난다.

무열의 눈빛이 빛났다.

"이 의뢰, 내가 하겠다."

14장
창 일가의 비밀

[퀘스트를 수락하였습니다.]

[퀘스트명 : 엘리젤 일족의 검]

[난이도 : D-S급]

[보상 : ????]

[개척자 강무열이 엘리젤 일족의 제안을 받아들이기로 하다. 경기장 승리자에게 주어지는 '검의 구도자'의 자리에 오르는 것이 엘리젤 일족과의 거래가 끝나는 순간이다. 그리고 그 결과에 따라 보상이 지급된다.]

"쉽지 않은 일이군."

카토 유우나라는 이름이 거론된 순간 무열이 내뱉은 말이다.

"맞네. 창 일가의 가주님을 죽인 자일세. 일대일로 싸워도 어려운 일이지. 실패할 확률도 높겠지."

무열의 말에 부족장은 그를 슬쩍 바라보며 말했다.

하지만 쉽지 않다라는 말. 그건 그가 생각하는 것과 무열이 생각하는 것은 명백히 달랐다.

'정말로 카토 유우나가 오르도 창을 죽인 범인인가.'

퀘스트는 이제 바뀌었다. 처음에는 오르도 창의 복수를 하는 것이었지만, 이제는 무열이 경기장에서 승리하는 것이 완료 조건이 되었다. 하지만 그건 이미 정해놓은 목표. 그런데도 지금 무열이 고민하는 것은 퀘스트와 별개의 이유 때문이었다.

"난 쉽지 않다고 했지 성공하지 못하겠다고 얘기하지 않았는데."

무열은 그런 부족장을 바라봤다.

"창 일가의 수장이 어떤 사람인지는 모르겠지만 검의 구도자라는 타이틀을 얻었음에도 이런 죽음을 맞이했다니, 건 남부 일대의 부족의 수준은 알 만하겠군."

"뭐……?! 당신 말 다했어?!"

"가주님은……!!"

무열은 반발하는 엘리젤 일족을 보며 말했다.

"정정당당하게 싸웠으면 지지 않았다? 그래, 당신들의 사정은 충분히 알겠다. 하지만 죽으면 끝이야. 역사는 살아남은 자들의 것이니까."

그렇게 말하면서도 입안이 마치 모래를 씹은 것처럼 까끌까끌한 기분이었다.

"당신들 외지인들은 정말……."

리앙제는 원망스러운 듯 무열을 노려봤다.

"꼬마, 그런 말을 하는 네가 날 이곳으로 데려왔다는 걸 잊으면 안 되지."

그 말에 억울한 듯 입술을 꾹 다무는 모습은 우습게도 귀여웠지만 리앙제의 마음을 무열이 절대 모르기 때문에 한 소리는 아니다.

'그래, 내가 이런 말을 하는 것도 우스운 일이지. 나야말로 아무것도 아니었으니까.'

전체적으로 문명이 발달한 북부와 달리 남부는 확실히 그 성장이 더뎠다. 게다가 락슈무의 안배에 의해 마법, 검술, 정령술과 같은 스킬을 얻는 자신들과 달리 저들은 하나의 스킬을 얻기 위해선 피나는 노력이 필요했다. 출발선 자체가 다른 것이다. 때문에 극소수의 몇 명을 제외하곤 그들의 육체 능력은 대부분 C랭크를 넘지 못했다.

'뭐…… 락슈무의 안배를 받은 나조차 C랭크의 벽을 넘지 못하고 죽었으니까.'

스킬도 없는 저들에겐 얼마나 어려운 일인지 충분히 이해가 갔다.

'그렇기 때문에 알아내야 한다.'

정말로 카토 유우나에게 오르도 창이 죽었을까. 아무리 육체적인 능력이 부족하다고 하더라도 그는 경기장의 우승자였다. 그에 비해 그녀는 아직 전직도 하지 않은 상태. 아무리 차이가 있다고 하더라도 현시점에서 오르도 창의 죽음은 석연치가 않다. 무엇보다…….

'어째서?'

이 퀘스트에서 가장 중요한 것이 빠졌다.

바로, 살해의 이유.

'카토 유우나에 대해 알지 못하지만 그녀가 아무런 이유 없이 살인을 했을 것이라곤 생각되지 않는다.'

그녀의 이명은 히든 이터(Hidden Eater).

분명 지금 이 일련의 사건에 그녀가 개입되었다는 것만으로도 뭔가 숨겨진 것이 있을 터.

무열은 그렇게 결정을 내리고선 말했다.

"나라면 애초에 오르도 창이 검의 구도자라는 위치에 있었을 때 불손한 싹을 잘랐을 텐데. 당신들의 안일한 행동이 결국 이런 사태를 만든 거다."

알고 있다. 이렇게 말해도 쉽지 않은 일이라는 걸.

인간군 4강이 모두 통합되는 데만 하더라도 많은 시간이 걸렸다.

그리고 그 안엔 단지 4강만이 있었던 게 아니다. 크고 작은 많은 거점. 권좌를 노리던 숱한 도전자.

서로를 이용하고, 때로는 배신하면서 마지막에 남은 것이 바로 인간군 4강이었다.

“부정하지 않겠네. 하지만 우리가 모시던 창 일가는 남부 일대에 있는 유일한 대초원에 세력을 담고 있다네. 나머지 세 부족이 그 초원을 노리고 있다는 것을 잘 알지만…….”

무열은 부족장이 하려는 말이 무엇인지 이미 알고 있었다. 그리고 그것이 바로 자신이 앞으로 거점을 만든 뒤에 고민해야 할 문제라는 것도.

“그렇다고 그들 없이 남부에 살고 있는 많은 소수민족을 창 일가가 거둘 순 없는 일이네.”

공생(共生).

혹은, 상생(相生).

이강호가 자신의 권세에 이종족을 들여놓지 않은 반면, 염신위는 이종족을 모두 수용했다.

하지만 어떤 것이 옳은 일인지 모른다. 그들을 이용하려는 목적이라 하더라도 어쨌든 결과적으로 염신위는 이강호에게 패했으니까.

‘무엇을 버리고 무엇을 거둘 것인가.’

잔혹한 선택이겠지만 앞으로 무열이 해야 할 일이기도 했다.

‘그리고 나 역시 지금 그걸 결정해야 한다.’

무엇을?

이라고 생각할지도 모른다. 아직 거점도 없으며 강찬석과 약속한 트라멜로 돌아가는 날도 몇 개월이 남았으니까.

하지만 무열의 머릿속에 그려진 그림은 단순히 퀘스트에서 그치는 것이 아닌 이후의 일까지 계획되고 있었다.

"경기장 우승, 내가 가져다주지."

여기서 필요한 것. 그들에게 확신을 주는 것.

"그리고 당신들의 검 역시 필요 없다. 원한다면 그 검을 쓸 너희 대표를 따로 둬도 상관없어. 하지만 당신들도 관객석에서 똑똑히 봐둬. 오직 내 힘으로 우승을 하는 걸. 그래도 우승의 명예는 당신들에게 주지. 검은 그때 받겠다."

"……."

자신감이 넘치는 무열의 말에 부족장의 눈빛이 흔들렸다. 사실 경기장 밖이었다면 모를까 경기장 안에서 대놓고 싸워야 하는 판국에 일족의 검을 무열에게 맡기는 것은 자신들이 배후에 있다는 걸 대놓고 알리는 형국이니까.

만약 무열이 진다면…… 그와 자신들이 연결되어 있다는 걸 부정하기 힘들어진다. 사실 무열에겐 고민할 것도 없는 문제였지만 그들은 다를 터. 그걸 그가 먼저 거절한 것이다.

"대신."

그 순간, 무열은 자신이 그리고 있는 큰 그림의 한 조각을 부족장에게 말했다.

무엇을 버리고 무엇을 거둘 것인가.

"내가 경기장에서 우승을 한다면……."

그가 노리는 것.

바로.

"저 꼬마."

무열의 입꼬리가 가볍게 올라갔다.

자신을 지목하는 손가락을 보다 무열의 눈과 마주친 리앙제는 깜짝 놀랐다.

하지만 그 놀라움을 비웃듯 아무도 상상하지 못한 말이 그의 입에서 나왔다. 순간, 천막 안에 있던 모든 사람이 경악했다.

"저 녀석을 내게 다오."

"그, 그게 무슨 말이에요!!!!"

날카로운 비명 같은 리앙제의 외침이 천막 안에서 울렸다. 귀가 따가운 듯 무열은 손가락으로 귀를 후비면서 어처구니없다는 표정으로 아이를 바라봤다.

"이상한 생각을 하는 건 너 같은데."

"무…… 뭐가!"

"이 아이는 일족에서도 중요한 아이입니다. 아무리 당신이 우리를 도와준다 하더라도 그건……."

부족장은 무열의 말에 낮은 한숨을 내쉬었다.

"무작정 달라는 게 아니다. 단지 내가 싸우는 모습을 보고 저 녀석이 선택을 하게 해달라는 말이다."

퀘스트와는 상관이 없는 일. 하지만 무열은 절대로 놓칠 수 없었다.

'저 아이의 감정 스킬은 현시점에서 최상위 등급. 거점이 될 트라멜에서 가장 필요한 인재 중 한 명이다. 그리고…….'

"일족에 남을 것인지 나를 따를 것인지는 저 꼬마의 몫이니까."

"절대로 갈 일 없으니 꿈도 꾸지 말아요."

리앙제가 부족장의 로브 뒤로 숨더니 빼꼼히 얼굴을 내밀고 무열을 노려보며 말했다.

"그래, 그렇게 결정을 해달라는 거다. 나중에도 꼭 지금처럼 단호하게 말해라."

"흥……."

너무 당당하게 말을 하는 무열 때문에 지금까지와 달리 리앙제가 꼬리를 내리고 말았다.

"그럼."

그 순간, 무열이 자리에서 일어서며 부족장의 뒤에 숨어 있던 리앙제의 목덜미를 잡아 올렸다.

"꺄악?!"

"무, 무슨……!!"

생각지도 못한 그의 행동에 모두가 깜짝 놀랐다. 하지만 아랑곳하지 않고 무열은 오히려 리앙제의 허리를 감싸 마치 가방을 들 듯 안고서 천막을 나서며 말했다.

"내가 여기 온 게 오늘이 처음이거든. 둘러볼 때 안내자가 필요한데 노인과 남자보단 그래도 얘가 낫지 않겠어?"

무열은 바동거리는 리앙제를 꽉 붙들며 피식 웃었다.

"이거! 놔욧!!"

천막을 나와 길을 가던 도중 안간힘을 쓰는 리앙제를 무열이 던지다시피 내려놓았다.

"아얏!!! 우씨……!"

"뭐?"

할 말이 가득한 얼굴이었지만 리앙제는 꾹 참는다는 표정을 티 나게 보이면서 무열에게 말했다.

"내가 사람을 잘못 본 거 같네요. 무례해."

"훗, 나한테 맞는 검이 있다고 거짓말을 먼저 한 게 누구지? 뜬금없이 복수라니."

"그, 그건……."

리앙제의 커다란 눈동자가 어떻게 대답을 해야 할지 몰라 깜빡거렸다. 마치 살아 있는 인형 같은 모습이었다.

"조금 전의 무례함은 사과하마. 그대로 나오면 아무래도 널 내어주지 않을 것 같아서 말이야."

"……에?"

무열은 리앙제와 나란히 걸으면서 말했다.

"경기장 주변을 살핀다는 건 거짓말이 아냐. 하지만 그동안 궁금한 것들이 좀 있어서 말이지. 아무리 생각해도 그 노인네는 끝까지 얘기를 안 할 것 같았거든."

"그게 무슨……."

"어째서 창 일가의 복수를 엘리젤 일족인 너희가 손발을 걷고 나서는 거지?"

퀘스트는 이미 결정이 났다. 하지만 무열은 원래대로라면 카토 유우나를 죽여야 하는 의뢰에서 경기장의 승리라는 새로운 조건으로 퀘스트를 끌어냈다.

'이제 그녀에 대한 결정은 직접 만나고 내려도 된다.'

처음 그대로 퀘스트를 받았다면 뇌전과 뇌격을 얻기 위해선 선택의 여지 없이 그녀를 죽여야 했다. 그렇기에 이건 퀘스트와는 상관없는 일.

단순한 호기심?

그렇게 볼 수도 있지만 분명 다르다.

어쩌면 그냥 지나칠 수도 있는 일도 무열은 놓치지 않았다.

15년간 지내왔던 일반병의 삶. 그중에 절반은 살기 위해 도망치고 거점이 무너지면 새로운 곳을 찾기에 바빴다. 누군가를 의지하지 않고서 자신 혼자 서지 못했던 삶. 그런 밑바닥에서의 생을 살았기 때문에 가지게 된 약자의 의심.

하나하나 의심하고 또 의심할 것.

"엘리젤 일족은 창 일가에게 큰 은혜를 받았어요. 부이족에 의해 사라질 뻔한 소수민족이었던 우릴 거둬주신 게 가주이신 오르도 창 님이셨으니까요."

"흐음……. 그럼 이번 의뢰는 너희 부이족에 대한 너희 일족의 원한도 개입된 건가."

"아니에요!"

리앙제는 무열의 말에 반박했다.

"우린…… 정말로 오르도 창 님을 위해서 이 일을 계획한 거예요. 엘리젤 일족의 염원은 우리가 만든 물건을 역사에 길이 남기는 것. 하지만……."

그녀는 고개를 떨궜다.

"우리를 이끌어줄 것이라고 생각했던 가주님이 사라진 지금 엘리젤 일족의 검을 이제 쓸 수 있는 사람이 없어졌으니까. 가주님의 수련이 끝났었다면 이렇게 되지는……."

"수련……?"

그 물음에 그녀는 깜짝 놀라며 자신의 입을 틀어막았다.

"……!!!"

하지만 늦었다.

무열은 리앙제를 바라보며 말했다.

"오르도 창이 특별한 수련을 했던 건가? 그게 뭐지?"

"저, 저도 몰라요."

고개를 가로젓는 그녀를 보며 무열은 오히려 관심 없다는 일어서며 말했다.

"하긴, 카토 유우나 정도에게 죽을 정도면 별거 아닌 수련이겠지. 그래, 흥미가 떨어졌다. 이만 가 봐라. 대단한 전사라 생각해서 물어본 것인데 말이지."

"……."

뒤도 돌아보지 않고 걸어가 버리는 무열을 보던 리앙제는 머뭇거리다가 결국 화난 목소리로 소리쳤다.

"우…… 웃기지 마!! 가주님의 검술은 부족 중 최고였어!!"

툭.

무열의 발걸음이 멈췄다. 아무리 뛰어난 재능을 가졌다 하더라도 결국 아이는 아이일 뿐. 무열의 입가에 미소가 드리웠다.

"이봐, 꼬마."

그는 아무렇지 않은 듯 돌아서며 리앙제를 향해 말했다.

"그렇게 네 말에 자신 있다면 어디 한번 보여주는 게 어때?"

"뭐…… 뭐가요."

자신의 머리에 그가 손을 턱 얹자 그녀는 살짝 움찔거렸다.

"오르도 창이 수련했던 곳."

바로, 그의 스킬이 잠들어 있는 곳.

"거기가 어디지?"

그가 천막에서 부족장의 이야기를 들으면서 계속해서 한 가지 걸리던 것이 있었다.

창 일가에 대해 물은 것은 정말로 두 부족 간의 원한 관계를 알기 위해서가 아니다. 찾으려고 하는 것은 접점.

카토 유우나, 타이틀 검의 구도자, 검투사(劍鬪士), 그리고 창(創) 일가까지. 이 안엔 분명 단순한 복수 이외의 더 큰 연결고리가 숨겨져 있으리라 생각했다.

바로.

'인간계 최강의 무구.'

검의 구도자(Seeker of the Sword).

'그것을 얻기 위해선 다섯 개의 월드 연계 퀘스트를 모두 끝내야 한다고 알려져 있다.'

무구와 똑같은 이름의 승리자 타이틀.

본능적인 직감.

지금까지 과거의 기억을 통해 움직였다면 무열은 이번엔 자신의 감각을 믿어보기로 했다.

'분명 그 시작의 열쇠는 이곳에 있다.'

작열하는 태양은 바짝 마른 모래마저 태워 버릴 것같이 뜨

거웠다.

스으으으응……!!!

모래 위를 미끄러지듯 하늘을 나는 붉은 불길이 천천히 공중을 선회하다가 멈추었다.

하늘의 주인이었던 팔콘들조차 그 뜨거운 불길에 도망을 치듯 푸드득 흩어졌다.

"후우……."

열기를 막기 위해 마을에서 구한 터번을 벗으면서 플레임 서펀트에서 내려온 사람은 무열이었다.

그리고 그 뒤에 앉아 있는 소녀. 리앙제는 불안함과 신기함이 공존하는 눈빛으로 자신이 타고 있던 서펀트를 몇 번이나 바라보다가 무열을 따라 내렸다.

"여기로군."

눈앞에 보이는 커다란 동굴은 모래 산맥에 가려져 있었지만 멀리서도 확연하게 보일 정도였다.

서펀트를 타고서도 1시간 남짓 걸린 걸 봐서 도보로 간다면 제법 시간이 걸리는 거리였다.

"일가의 가주가 수련을 하는 곳을 일개 부족의 아이까지 알고 있는걸 보면 오르도 창이란 사람은 그다지 조심성이 없나 보군."

"흥, 모르면 가만히 있어요. 여긴 창 일가만이 쓰던 곳이 아니었으니까. 고대 때부터 존재한 여긴 남부에서 태어난 사람이라면 세 살짜리도 알고 있다고요."

"흐음, 그래?"

"지금은 가주님께서 돌아가시고 잠시 봉쇄돼 있지만……. 경기장의 우승자가 나오면 개방되겠죠."

"그럼 여긴 우승자만이 들어갈 수 있는 건가?"

무열의 물음에 리앙제는 고개를 끄덕였다.

"네. 33, 34, 35대 3연속 우승자인 창 일가의 오르도 창 님도 신전의 심장부 끝에서 막혔다고 했었어요. 그래서 조금이나마 도움이 되려고 할아버지께서 그 검을 만든 거구요."

리앙제는 세 번의 승리에 대해서 자랑스러운 듯 힘을 주며 말했다.

"그렇군."

하지만 그녀의 말을 들을수록 무열은 더욱더 의심이 가중될 뿐이다.

'신전의 난이도를 알진 못하지만 최소한 심장부까지 도달할 정도면…… 실력자라는 건데. 더욱더 카토 유우나에게 죽었다는 것이 이해가 가지 않는군.'

혹시나 그녀가 자신이 모르는 어떤 스킬을 가지고 있는 걸까?

'불가능한 건 아니다. 어차피 스킬이란 건 스킬북을 통해서 습득할 수 있으니까.'

카토 유우나라는 존재가 세상에 알려진 건 2차 전직 이후 그녀가 자신의 공략법과 함께 히든 피스의 존재를 알렸기 때문.

무열은 그전까지 그녀의 행보에 대해서 아는 것이 없었다. 사실상 첨탑의 끝에 도달하고서야 소문만 무성했던 그녀의 1차 직업이 무엇인지 알 수 있었으니까.

어떤 스킬을 가졌든, 어떤 능력을 가지고 있든 지금 카토 유우나라는 존재에 대해 아는 것은 단 하나도 없었다.

"경기장은 예전부터 전쟁을 피하기 위해 너희 부족들 간의 힘을 겨루는 장소라고 했었지?"

"맞아요."

"그럼, 우리가 온 뒤엔 어떻게 되었지?"

무열의 물음에 리앙제는 낮은 한숨을 내쉬면서 말했다.

"어떻게 되긴요. 지금 보는 그대로죠. 외지인에 의해서 가주님이 죽고 경기장조차 당신들의 차지가 되었죠."

어린 그녀는 무열의 탓이 아님을 알면서도 뾰로통한 목소리로 말했다.

"그 덕분에 이렇게 일가의 일을 외지인에게 부탁을 해야 하기까지 이르렀네요."

"그게 불만인가."

"……."

"그럼 강해지면 된다. 외지인에게 지지 않을 정도로. 그뿐이다."

리앙제는 그 말에 뭐라 말을 하고 싶었지만 결국 대답을 하지 못했다.

약하기 때문에 지는 것이다.

부정하고 싶지만 부정할 수 없는 잔인한 말이다.

저벅저벅.

무열은 거침없이 걸어 신전 앞에서 발을 들여놓으려는 순간 멈춰 섰다.

“잠깐, 한 가지만 묻지. 경기장에 도전자들이 서로 싸운다고 했지?”

“네, 그렇죠.”

“그렇다면 그 도전자들 말고 경기장에 존재하는 투사들은 어떻지?”

“투사? 그게 무슨 말이에요?”

리앙제는 정말 아무것도 모르는 듯 무열의 말에 고개를 갸웃거렸다.

“혹시 열화검사라는 녀석을 알아?”

남부 경기장 마지막 층의 보스.

하지만 리앙제는 고개를 저었다.

“흐음…….”

“그게 뭐예요?”

“아니다, 아무것도.”

“뭐야, 아저씨 뭐 아는 것 있죠?”

무열이 말을 아꼈으나 눈치 빠른 리앙제는 그걸 가만두지 않았다.

"됐다. 신경 쓸 거 없어."

하지만 무열은 그런 그녀의 물음을 가차 없이 잘라 버리곤 신전 안으로 걸어 들어갔다.

"자, 잠깐……!!"

[신전에 입장하였습니다.]

연노란색의 메시지창.

일반적으로 던전일 경우 입장하는 순간 붉은색의 알림창이 뜬다. 그 말은 곧.

'흐음, 던전은 아니란 말인가.'

리앙제의 말 그대로 이곳은 경기장의 우승자에게 주어지는 수련 장소일 가능성이 높았다.

'하지만 그럼 더 이상한걸.'

그녀는 분명 오르도 창이 신전의 끝까지 도달하는 것을 돕기 위해 엘리젤 일족이 쌍검을 만든 것이라고 했다.

'그런데 던전이 아니다? 그럼 뭘 공략하는 거지? 던전이 아니라면 몬스터도 없을 텐데.'

무열은 눈을 가늘게 뜨며 머릿속으로 여러 가지 상황을 정리하기 시작했다.

좌악.

인벤토리에서 횃불을 꺼내 불을 붙이자 리앙제는 신기한 듯 그를 바라보며 신전 안으로 들어갔다.

"……놀랍군."

천장은 그 끝이 알 수 없는 높이였다. 까마득하게 보이는 천장의 중심부는 둥글게 뚫려 붉게 변하기 시작하는 노을이 그대로 안으로 쏟아졌다.

꽈악.

리앙제는 오직 경기장의 승자에게만 출입이 허락되는 이곳에 발을 들여놓은 것이 불안한 듯 무열의 허리를 붙잡았다.

"도대체 여긴……."

얼마나 걸었을까.

미로 같은 커다란 관문을 몇 개나 통과하면서 무열은 이렇게 거대한 공동(空洞)이 이곳에 존재하는 것이 신기할 따름이었다.

쿠우웅.

그리고 눈앞에 마주한 거대한 문 하나. 지금까지 모두 열려 있던 것과 달리 두 사람의 앞에 나타난 문은 굳게 닫혀 있었다.

"자, 잠시만요."

무열이 문의 손잡이를 잡아당기려고 하자 리앙제는 결국 참았던 말을 내뱉었다.

"아저씨, 아무래도 안 되겠어요. 나가요, 우리."

그녀의 걱정이 무엇인지 충분히 안다. 그들에게 있어서 이곳은 분명 성역(聖域)과도 같은 곳. 그 안에 발을 들여놓은 것만으로도 불경스러운 죄를 짓고 있는 것이라 생각될 것이다.

하지만 무열은 다르다. 칸트나 마고우 때 그가 첨탑에서 그냥 클래스를 받았더라면 지금 이렇게 남부에 올 수 없었을 것이다.

그게 설령 모독일지라도, 진실에 다가가기 위해서는 한 걸음 나서야 한다.

"넌 알고 싶지 않느냐. 오르도 창의 죽음에 대해서."

"……네?"

"걱정 마라. 이곳엔 아무것도 없을 테니."

쿠르르르르르르…….

무열이 있는 힘껏 신전의 문을 열었다. 그리고 점차 뒤로 밀려가며 벌어지는 문틈 사이로 보이는 광경.

"……흡?!"

리앙제는 자신도 모르게 입을 가렸다. 그리고는 황급히 그를 바라봤다.

저벅, 저벅, 저벅.

무열이 천천히 안쪽으로 걸음을 옮겼다.

차크랑…….

그가 발을 뗄 때마다 강철과 바닥이 부딪히며 나는 날카로운 쇳소리가 들렸다.

그곳엔 무수히 많은 검이 잠들어 있었다. 부러진 검, 쓰러진 검, 바닥에 꽂힌 검, 산산조각이 난 검, 쌓인 검…….

커다란 홀을 가득 채울 정도의 검. 각각의 모양과 크기, 그리고 상태조차 달랐지만 단 한 가지 똑같은 건 모두 더 이상 사용할 수 없는 것이라는 점이다.

"이건 마치 신을 기리는 신전이 아니라 죽은 검들이 모여 있는 검무덤 같군."

무열은 이 광경에 대한 감상을 한마디로 정리했다.

너부러져 있는 검들의 무덤에 마치 이곳에 들어오는 사람을 인도하는 듯 외길 하나가 나 있었다. 그 길을 따라 걸어 올라가자 울퉁불퉁한 커다란 벽면이 두 사람을 가로막았다.

"막다른 길……?"

리앙제는 자신의 앞에 있는 벽을 쓸어 만졌다.

"아니."

그건 벽화였다. 정확히는 벽면에 조각처럼 새겨 만든 커다란 그림.

"……."

압도적인 웅장함에 무열은 할 말을 잃었다.

'이런 게 있었나?'

이강호의 군세에 들어와 검병부대로 많은 전장을 다녔던 그였다. 하지만 이런 신전에 대한 존재뿐만 아니라 이런 벽화가 있는 것에 대해서 들어본 적이 없다.

고작 일반 병사가 이런 것을 알 수 있을 리가 있냐라고 생각할 수도 있겠지만.

"이건 오히려 소문이 안 난 게 이상한데……."

끝을 알 수 없는 거대한 벽. 거기에 그려진 그림은…… 거대한 용들이 하늘을 가리고 그 아래 검은 날개, 흰빛, 몬스터, 그리고 인간이 뒤엉켜 있는 모습.

무열은 그것을 본 순간, 벽화가 무엇을 뜻하는 것인지 알 수 있었다.

'종족 전쟁.'

이강호라는 인간군의 권좌가 정해졌음에도 모두가 돌아갈 수 있으리라는 희망을 가졌던 그 순간, 갑작스럽게 다섯 개의 차원이 열리면서 각각의 세력이 하나의 대륙이 되어 한곳에 모이게 된다.

'바로 이곳으로. 아마도 인간의 권좌가 가장 늦게 정해져서일 것이다. 그렇게 하나의 대륙이 된 세계는 이제 여섯 군주의 전장이 되었지. 각 차원 역시 우리와 같이 징집되고 권좌의 주인을 뽑은 것.'

그렇게 여섯 차원의 종족이 마지막 권좌를 두고 싸운다.

'그게 진짜 세븐 쓰론(Seven Throne).'

신들이 명명(命名)한 일곱 번째 권좌의 실체.

무열이 권좌에 오르고자 한 가장 큰 이유 중에 하나는 자신이 최고가 되겠다는 것이 아니다.

가장 늦게 세븐 쓰론에 합류한 인류는 그만큼 준비 기간이 부족했다. 열세일 수밖에 없었던 것.

'최단 시간에 권좌에 올라 군을 정비해서 앞으로 있을 진짜 전쟁에 대비한다.'

그게 바로, 강무열이란 평범한 사람이 권좌에 오르고자 하는 가장 큰 이유였다.

"하지만……."

무열은 벽화를 보며 생각했다.

'종족 전쟁을 예견하는 이 조각이 어떻게 존재하는 걸까. 이곳에 사는 사람들에겐 이미 알려진 일인 걸까.'

생각해 보면 처음부터 이 차원의 사는 토착인들과 제대로 대화를 나눈 군주는 없었다. 남부 부족을 흡수한 염신위도 그저 그들을 도구로만 사용했을 뿐.

'이들에게 전승되는 이야기라든지 전설…… 혹은 과거의 문서에 대해서 우리가 단 한 번이라도 관심을 가져본 적이 있던가?'

없다.

"……."

무열은 순간, 전신을 휘감는 소름이 느껴졌다.

"아저씨!!"

그때였다. 어둠 속에서 리앙제의 외침에 무열이 고개를 돌렸다. 그녀가 있는 곳으로 황급히 뛰어가자 그곳엔 그의 눈을 사로잡는 또 다른 광경이 펼쳐졌다.

"이건……."

날카롭게 베인 검상이 가득한 신전 제단들. 마치 뱀이 휘감고 간 것 같은 나선의 깊게 파인 자국들이 여기저기 흩어져 있었다.

무열은 그것을 본 순간 본능적으로 느꼈다.

'……연사검?'

날카로운 두 자루의 검이 마치 살아 있는 뱀처럼 궤도를 바꾸며 공격하는 이강호의 검술(劍術).

실제로 그의 검을 받아본 무열은 검상만으로 지금 눈앞에 펼쳐진 이 광경의 원인을 단번에 알았다.

'아니야.'

무열은 고개를 저었다.

'이강호가 이곳에 왔을 리가 없다.'

그는 남부 경기장에서 마지막 보스를 잡고 열사의 소검과 함께 연사검을 얻었다. 그 이후에 이정진의 산채에서 자신을 만났다.

'오르도 창이 죽은 건 최근의 일. 시간상으로 맞지 않아.'

게다가 날카롭게 베인 검상의 자국 중엔 무열이 알지 못하는 것도 있었다.

'연사검은 모두 다섯 초식으로 되어 있는 검술. 여기엔 1식 이외에 다른 초식들도 있다.'

그것이 이강호가 이곳에 오지 않았다는 것을 증명해 주는 것이다.

'하지만 그는 나와 만났을 때 완벽하게 연사검을 마스터하지 못했었어.'

그렇다면…….

'이강호 이외에 연사검을 쓸 수 있는 존재……?'

무열의 눈빛이 변했다.

"꼬마, 분명 경기장의 우승자 이외엔 이곳에 들어올 수 있는 사람이 없다고 했지?"

끄덕.

리앙제가 고개를 끄덕였다.

'그가 연사검을 얻은 곳은…….'

남부 경기장. 그곳에 이강호 이외에 유일하게 연사검을 쓸 수 있는 존재가 있다.

바로, 열화검사(烈火劍士).

"설마……."

어지럽게 흐트러져 있던 퍼즐 조각들이 하나둘 맞춰지는 순간 무열의 머릿속에 완성된 그림이 나타났다.

"꼬마, 너 정말 열화검사를 몰라?"

"그게 도대체 누군데 아까부터 그래요?"

'어쩌면…… 내 예상대로.'

관객석에서 볼 수 있는 개방된 경기장에서 그곳의 마지막 투사인 열화검사를 리앙제는 모른다. 어떻게 된 일일까.

무열의 머릿속에 한 가지 가설이 떠올랐다.

'그렇다면 여기서 더 얻을 건 없다.'

오르도 창이 무슨 수련을 한 것인지 알았으니까.

이곳은 스킬이나 아이템을 얻을 수 있는 던전이 아닌 단서가 남겨진 장소였을 뿐.

"어쩌면 이 퀘스트, 의외의 해답이 있을지도 모르겠는데."

자리에서 일어선 무열이 미소를 띠었다.

"꼬마, 돌아가자."

"네?"

뭐가 뭔지 이해가 가지 않아 리앙제는 어리둥절할 뿐이었다.

그런 그녀에게 무열은 고개를 까닥거리면서 말했다.

"경기장으로."

15장
경기장 출전

다음 날.

돌아온 무열은 리앙제와 함께 경기장에 도착했다. 이미 많은 사람으로 주변이 북적거렸다.

"여기서 기다려라."

"저, 저기……!!"

"응?"

"……아니에요."

뭔가 말을 하려다가 머뭇거리는 리앙제를 보며 무열은 피식 웃으며 말했다.

"걱정 마라. 이길 테니까."

그 말에 아이는 당황한 듯 살짝 얼굴을 붉히면서 대답했다.

"무, 무슨! 걱정 안 했거든요?"

"가서 지켜보고 있어라."

리앙제의 투정에 무열은 그녀의 머리를 쓰윽 한 번 문지르면서 웃었다.

–경기장에 참가한 모든 도전자를 환영합니다.

커다란 경기장 안.

도전자의 수는 모두 오십 명. 제각각 자신의 무기를 들고서 서로를 경계하며 그들은 앞으로 싸울 적의 역량을 가늠하고 있었다.

"저 녀석이다. 룽가를 묵사발로 만든 놈. 무슨 일이 있어도 저 녀석만큼은 죽여 버리겠어!!"

"이번 도전은 포기해도 좋다. 상품 따윈 상관없어!!"

무열은 귓가에 들리는 목소리에 피식 웃었다.

'머저리들. 그런 말은 들리지 않는 곳에서 하라고. 마렉 일가 녀석들…… 보기보다 머리가 돌아가지 않나 보지.'

그들의 타깃이 누구인지는 정해져 있었다. 지금 경기장에서 가장 눈에 띄는 한 사람. 관객들의 이목이 집중되고 있는 남자.

'조태웅.'

"하하하!! 이거 오늘도 많이도 모였는데? 재밌겠구만!!"

거대한 철퇴를 자신의 어깨에 턱 얹고서 걸어 들어온 조태웅은 주변의 도전자들과는 분명 다른 여유로운 느낌이었다.

그는 경기장의 분위기에 익숙한 듯 보였다.

'어디 있는 거지? 카토 유우나.'

무열은 그에게서 시선을 떼고 주위를 살폈다. 여성 도전자의 수는 많지 않아 쉽게 찾을 수 있을 것이라는 예상과 달리 그녀의 모습은 보이지 않았다.

'얼굴을 가린 도전자가 둘.'

그렇다면 복면 혹은 히잡을 쓰고 있는 저 두 명 중 한 명일 가능성이 높았다.

"흐음……."

-지금부터 명예를 건 검투(劍鬪)가 시작됩니다. 누군가는 부족의 명예를, 누군가는 개인의 명예를 위해 이곳에 출전한 여러분의 용기에 박수를 보냅니다. 저는 경기장의 중계인, 아콘입니다.

처음 경기장 입구에 들어왔을 때 들렸던 목소리였다. 귀가 먹먹할 정도로 큰 목소리에 관객석에 있는 사람들과 도전자들 모두가 그쪽으로 시선을 돌렸다.

쿠우우웅……!!!

그 순간, 태양이 가려지면서 생긴 그림자. 마치 커다란 암석이 떨어진 것처럼 바닥이 진동했다.

"모…… 몬스터?"

도전자들은 갑작스러운 그의 등장에 놀라지 않을 수 없었다. 천천히 허리를 펴는 남자의 키는 2m는 훌쩍 넘을 것 같은 엄청난 거구였으며, 위아래로 날카로운 송곳니가 삐죽 튀어나와 있었다. 게다가 머리 위엔 작은 돌기 같은 뿔이 양쪽으로 솟아 있었다.

—하하하하!! 저는 5대 부족 중 하나 이매(魑魅) 부족의 아콘입니다. 이런 영광스러운 자리를 제가 진행할 수 있게 되어 기쁩니다.

확성기라도 달고 있는 것처럼 아콘의 목소리는 엄청났다. 생긴 모습만 봐서는 오히려 도전자에 가까운 그는 손을 번쩍 들어 올리며 외쳤다.

—지금 경기장 안에는 5대 부족 이외에도 강력한 외지인들, 그리고 소수 부족의 대표들까지 모두 모였습니다! 그러나 승리는 단 한 명!!! 오직 용감한 자만이!! 진실에 도달하리……!!

아콘은 양손을 펼쳐 하늘을 떠받치듯 쫙 펴면서 소리쳤다.

—바로!! 검의 구도자!!

"와아아아아아---!!!"

"와아아아……!!!!"

경기장의 열기는 뜨거웠다. 마치, 피를 기다리는 사람들처럼. 그들은 하나의 숭고한 의식을 치르는 것처럼 광적으로 소리치기 시작했다.

"……."

관람석의 대부분은 5대 부족이 경계를 나눠 앉아 있었다. 그리고 그 밑에 소속된 소수 부족들 역시 자신들의 일가를 대표해 출전한 전사들을 응원했다.

-부이족의 전사!! 오르가!!!

"와아아아아아---!!!!

5대 부족 중에서도 가장 많은 인원을 보유하고 있는 부족답게 아콘이 그의 이름을 부르는 순간 경기장이 떠나갈 듯한 울림이 들렸다.

탄탄한 근육과 태양 아래에서 멋들어지게 그을린 구릿빛 피부, 그리고 거대한 베틀 엑스를 등에 메고 있는 남자는 자신의 이름이 호명되는 순간 두 손을 번쩍 들었다.

"이겨라!!!"

"이번 승자는 바로 너다!! 오르가!!"

"모두 짓밟아버려!!!"

마치 승리자가 예견된 것처럼 부이족의 전사 오르가가 당당히 경기장의 계단을 오르기 시작했다.

콰아아아아앙!!!!

그때였다.

"……!!!"

"……!!!"

갑작스러운 굉음과 함께 희뿌연 먼지가 솟구쳐 올랐다. 아무도 생각지 못한 상황인지라 관객도, 도전자들도, 그리고 진행자인 아콘조차도 입을 다물지 못했다.

스으으으…….

솟구쳤던 먼지 바람이 사그라지며 드러나는 광경에 모두가 경악하고 말았다. 조금 전 계단을 오르던 오르가가 머리를 경기장 바닥에 처박은 채로 뻗어 있었기 때문이다.

단단한 바위로 만들어진 경기장 바닥이 단 한순간에 수십 갈래로 갈라졌다.

"이봐, 도깨비. 도전자가 50명이라면서. 언제 일일이 다 설명하려고? 그러다 해 떨어지겠다."

"……에?"

그 위에 서 있는 남자. 귀찮은 듯 귀를 후비면서 도전자들을 향해 손짓하는 그는 다름 아닌 조태웅이었다.

단 일격으로 부이족의 대표를 쓰러뜨려 버린 그의 모습에 조금 전까지만 하더라도 귀가 아플 정도로 열광하던 관객들의 함성이 단숨에 사라져 버렸다.

"이봐, 너희들."

꾸욱.

"컥…… 커컥!!"

지그시 밟은 발에 힘을 주자 부서진 바위틈 사이로 오르가의 비명이 들렸다.

조태웅은 경기장 위에서 도전자들을 향해 손가락을 까닥거리며 말했다.

"다 들어와."

"죽여!!!"

"크아아아아---!!!"

도전자들의 외침과.

촤아악……!!

서걱!! 스카카가가……!!!

날카로운 날붙이가 살을 베는 소리와.

"아아아악!!!!"

그만큼의 비명까지.

경기장은 아비규환이 되어 흩뿌려지는 피로 바닥이 붉게 변하고 있었다.

살아남은 사람은 스무 명. 절반 이상이 죽었다.

바닥에 너부러진 시체조차 치우지 않고서 저마다 자신의 부족 이름을 외치며 그들은 싸우고 있었다.

8명이 남을 때까지 이 살육은 계속될 것이다.

“크하하하하!!!”

조태웅은 자신을 향해 덤비는 마렉 일가의 사람들과 싸우며 즐거운 듯 연신 호탕한 웃음을 지었다. 마치, 자신의 투기를 모두 발산해 산화시키는 사람처럼.

그는 무투 자체를 즐기는 사람 같았다. 현실에서의 그의 직업이 궁금해질 정도로 그는 피에 익숙했다.

퍼억-!!

그의 철퇴가 움직일 때마다 꼭 한 사람씩은 바닥으로 꼬꾸라지며 쓰러졌다.

경기장은 전장을 방불케 했다.

“…….”

하지만 이런 난장 속에서 움직이지 않는 사람도 있었다. 기척을 감추고 살기를 흘리면서 조용히 묻혀 자신의 존재를 자연스럽게 감추고 있는 사람들. 무열은 그들을 주시했다.

“아아아악!!”

무열은 자신을 향해 날아오는 검을 피하면서 그대로 주먹으로 전사의 턱을 올려쳤다. 휘청거리면서 중심을 잃은 그의 팔을 가로로 꺾고 회전하면서 곡도의 옆 날로 다리를 후려쳤다.

우드득—!!!

둔탁한 소리와 함께 양다리가 그대로 부러졌다.

그들의 공격은 무열의 눈엔 멈춰 있는 것처럼 느리게 보였다.

'아무리 신체를 단련했다 하더라도 토착인들은 결국 극의에 도달하지 않는 한 스킬을 익힌 우리들에게 이길 수 없다.'

무열은 조금 전 자신을 공격한 전사에게 눈길도 주지 않고 제압하며 생각했다.

'저 둘, 그리고 조태웅과 나.'

그 이외에 남을 사람은 없어 보였다.

그 순간, 무열은 리앙제의 말이 떠올랐다. 부족 간의 자웅을 겨루던 경기가 외지인으로 인해 더럽혀졌다는 것.

'우리에게 있어서 경기장은 그저 랭크 업을 위한 곳일 뿐. 그 이상도 그 이하의 의미도 없다.'

그렇기 때문에 저렇게 날뛸 수 있는 것이다.

마치 몬스터를 사냥하는 것처럼 토착인들을 사냥의 대상으로 보고 있었다.

'하지만…….'

무열은 검무덤에서 본 검상을 떠올렸다.

그가 내렸던 하나의 가설.

그의 눈빛이 빛나는 순간.

—그만——!!!!!

아콘의 거친 외침과 동시에 경기장의 살육도 멈췄다.

-50명의 혈투 속에서 살아남아 경기장에 서 있는 8명의 전사가 정해졌습니다!!!

"와아아아아!!!!"

어느새 스무 명 중 절반이 또 죽었다. 그중 대부분은 조태웅에 의해 쓰러졌다.

아콘의 외침과 동시에 무열은 주위를 살폈다.

"쳇! 끝났나!!"

조태웅의 아쉬운 목소리가 들렸다. 자신의 예상대로 얼굴을 가린 도전자 두 명과 조태웅이 살아남았다.

'나머지는…….'

피투성이가 된 채로 간신히 살아남은 한 사람은 조태웅의 손에 모가지가 잡힌 채로 죽기 바로 직전 아콘의 중재로 목숨을 구한 마렉 일가 중 한 사람이었다.

'저 녀석은 글렀군. 다음 경기까지 못 버티겠어.'

그리고 남은 세 명. 놀랍게도 그 셋은 토착 부족의 전사였다. 외지인과 토착인을 가리지 않은 조태웅의 광기 어린 공격도 원인이 됐겠지만 남은 셋은 생각보다 강한 실력자인 듯싶었다.

'하긴, 아직은 모두가 전직도 하지 않은 상태니까.'

—첫 번째 경기가 끝났습니다!! 살아남은 도전자들은 내일부터 치러지는 일대일 격전에서 최후의 승자를 가릴 것입니다!

아콘의 외침과 동시에 경기장에 대기하고 있던 사람들이 시체를 치우기 시작했다.

"쳇, 아쉽군!!"

조태웅은 자신의 무예를 더 뽐내지 못해 아쉬운 듯 입맛을 다셨다. 스물이 넘는 사람을 자신의 손으로 죽였음에도 그는 눈 하나 깜빡하지 않았다. 그렇다고 그가 결코 광기 어린 살인마는 아니다.

'순수하게 무(武)를 즐기는 사람. 마치 과거 속 무장(武將)들처럼. 도무지 같은 시대에 살았던 사람이라곤 이해가 되지 않아.'

그래서 이강호가 조태웅을 특별하게 생각한 것일지도 모른다는 생각이 들었다.

그렇게, 잔혹한 경기장의 첫날이 끝나는 듯싶었다.

어스름한 밤.

부서진 경기장의 복구를 위해 분주하게 사람들이 바위를

나르고 있었다. 5대 부족에 소속된 소수 일족들을 경기장의 중계인인 아콘이 지휘하는 중이었다.

"자, 빨리빨리 움직이라고!! 내일 경기를 위해서 오늘 중으로 모두 치워야 해!!"

툭.

그때였다.

"음……?"

누군가 자신의 어깨를 쿡쿡 두들기는 느낌에 그가 뒤를 돌아봤다.

"이봐."

"뭐야? 당신…… 아!!"

눈을 부라리는 아콘은 자신을 부른 남자의 얼굴을 확인하고 나서 화색이 돌았다.

"어이쿠, 2차전 도전자이신 무열 님 아닙니까? 왜 이런 밤중에……."

덩치에 어울리지 않게 굽실거리며 그가 허리를 숙이자 무열은 가볍게 웃었다.

"왜긴."

그러고는 그가 말했다.

"당연히 경기장에 도전하기 위해서지."

"하하…… 그게 무슨 말씀이신지요. 경기는 내일이지 않습니까."

무슨 말인지 이해가 가지 않는다는 듯 고개를 갸웃거리며 아콘은 커다란 송곳니를 보였다.

"적어도 중계인인 넌 알 텐데."

"……네?"

"내가 도전하려는 경기장이 뭔지."

그 순간, 송곳니를 보이던 아콘의 입가가 기묘하게 올라갔다.

무열은 그런 그를 바라봤다.

열화검사(烈火劍士). 이강호가 연사검과 열사의 소검을 얻은 경기장 마지막 층의 투사.

리앙제는 이 마지막 층의 주인을 모른다. 그 말은, 그녀는 단 한 번도 보스를 본 적이 없다는 말.

어쩌면 그건 당연할 수 있다. 지금껏 경기장의 우승자는 오르도 창이었으니까.

그러나 열화검사를 이기지 않고선 경기장의 우승자가 될 수 없다. 그러니 오르도 창과 최종 보스인 열화검사와의 결투를 리앙제가 모를 리 없다.

하지만 분명 그녀는 모른다.

'만약 내가 남부 경기장의 존재를 몰랐다면 쉽게 풀 수 없었을 것이다.'

비록, 아직은 남부 경기장에서 직업을 얻은 사람이 이강호 단 한 사람뿐이라 알지 못하지만 15년 뒤엔 다르다.

'흑괴(黑怪) 이대범, 고스트 바인드(Ghost Bind) 김인호, 용단화(龍斷花) 윤선미…….'

이강호 이후 흐른 시간 동안 제법 많은 사람이 남부 경기장에서 전직을 했다. 그만큼 베일에 감춰졌던 경기장에 대한 정보도 많이 풀렸다.

'그 정보를 공개한 사람 중엔 이강호의 제자였던 윤선미도 있었지…….'

잠시 추억을 떠올리며 윤선미의 얼굴을 생각하던 무열은 이내 상념을 떨쳐 버렸다. 어쨌든 그들의 과거 덕분에 알 수 있었다.

'랭크 업 던전인 남부 경기장의 주인은 열화검사다.'

토착인들이 자웅을 겨루는 실존하는 경기장. 거기엔 열화검사가 없다. 자신들이 랭크 업을 위한 경기장. 그곳의 보스는 오르도 창이 아니다.

'그렇다면 답은 하나.'

바로.

"경기장은 두 개다."

무열이 아콘을 보며 말했다.

"아셨습니까?"

기묘하게 올라간 입꼬리가 더 이상 올라갈 곳이 없게 되자 그는 웃음을 터뜨렸다.

"크…… 크크."

마치 저택에 손님을 맞이하는 집사처럼 거대한 체구에 어울리지 않게 아콘은 손을 가슴에 얹고 허리를 굽히면서 무열에게 말했다.

"도전하시겠습니까?"

무열이 고개를 끄덕이는 순간.

"……!!!"

새하얀 빛이 그의 주위를 감싸기 시작했다. 그러더니 요란스럽게 움직이던 사람들도, 부서진 경기장도 모두 사라졌다. 그리고…… 빛과 함께 오전의 경기장이 랭크 업 던전이 아님을 알려주는 결정적인 증거가 나타났다.

[남부 경기장에 입장하였습니다.]

바로, 던전의 입장을 알리는 붉은 메시지창.

"밤의 경기장에 오신 것을 환영합니다, 도전자여."

빛과 함께 감았던 눈을 천천히 뜨자 무열의 앞에 새로운 경기장이 펼쳐졌다.

16장 열화검사(烈火劍士)

"뭐냐, 너."

새하얀 빛이 사라지고 온전한 경기장이 눈앞에 모습을 드러낸 순간, 무열은 고개를 돌렸다. 모두가 사라지고 그 혼자 남았다고 생각했는데 아니었다.

"하하하. 또 뵙는군요. 경기장에 진행자가 없으면 안 되지 않습니까."

"……."

이매 일족의 아콘이 그를 향해 씨익 웃었다. 녀석은 두 경기장의 비밀을 모두 알고 있는 유일한 안내인인 것이다.

"자!! 지금부터 경기를 시작하겠습니다."

그는 낮과 마찬가지로 마치 관중이 있는 것처럼 주위를 바라보며 소리쳤다.

"이곳을 찾은 도전자에겐 또 다른 혜택이 있습니다. 바로 경기 방식을 선택하는 것!! 어떤 길을 고르냐에 따라 보상 역시 달라집니다."

아콘은 손가락 두 개를 펼치면서 말했다.

"빠르지만 어려운 검투, 혹은 느리지만 쉬운 검투."

드르르르르르르…….

그의 말이 끝남과 동시에 경기장 입구의 쇠창살이 서서히 올라가면서 열리기 시작했다. 원래대로라면 내일 출전하는 8명의 대기실. 하지만 그 안에는 무열이 처음 보는 전사들이 붉은 안광을 띠며 기다리고 있었다.

"이곳, 밤의 경기장 역시 낮의 경기장과 마찬가지로 하루에 한 번만 경기가 진행됩니다. 투사 역시 낮과 마찬가지로 무열님을 포함하여 8명."

저벅, 저벅.

쿵!!

쿠웅……!!

그의 말이 끝남과 동시에 쇠창살 안에 있던 전사들이 육중한 쇳소리를 내며 걸어 나오기 시작했다.

"하루에 한 번이란 규칙을 기억하십시오. 빠른 검투는 단 한 번의 경기로 마지막 관문에 도달하는 것. 그만큼 위험천만하죠."

7명을 한꺼번에 상대하는 검투.

일 대 다수의 경기.

마치 선택하지 못하게 만들어 놓은 것같이 불합리한 경기.

"……."

"반대로 느린 검투는 매일 밤 하루에 한 명과 경기를 펼치는 것입니다. 시간은 걸리지만 낮의 경기까지 참여하는 무열님에겐 위험부담이 적지요."

확실히 풍기는 느낌도 낮의 도전자들과는 비교할 수 없을 정도로 달랐다.

"만약 내가 아침까지 승부를 못 내면 어떻게 되지?"

"상관없습니다. 밤의 경기장에서는 시간이 따로 흐르니까요. 단 한 명이 무대에 서 있을 때까지. 경기는 끝나지 않습니다."

"그렇군."

무열은 고개를 끄덕였다.

이미 답은 나왔다.

"빠른 길로 가겠다."

"진심이십니까?"

아콘이 인상을 팍 구겼다.

"물론."

"크…… 크크하……!!! 역시!! 밤의 경기장을 찾아온 도전자다운 패기!!"

그러고는 무열의 말에 엄지를 척 들면서 웃음을 터뜨리다

표정을 바꾸었다.

"목숨을 잃을지도 모릅니다만?"

"네가 낮에 그랬지 않나. 용기 있는 자만이 진실에 도달할 수 있다고."

하지만 그것도 잠시, 그는 기대에 찬 표정으로 무열에게 말했다.

"크큭……!! 진실이라……. 이야, 그걸 기억하는 분이 계실 줄이야. 정말 감탄스럽-"

덩치에 어울리지 않게 조잘조잘 끝도 없이 이어지는 말에 무열은 곡도를 들어 올리며 말했다.

"그만 떠들고 시작이나 하지?"

경기장 위로 떠 있는 별들이 쏟아질 것처럼 가득했다. 커다란 달빛이 마치 무대의 조명처럼 경기장을 밝히고 있었다.

천천히 곡도를 쥔 손에 힘을 주었다.

일촉즉발의 차가운 공기가 경기장 안에 흘렀다. 시작을 알리는 시끄러운 아콘의 외침 따윈 필요 없었다.

무열의 한마디.

"올라와."

-제2경기를 시작합니다!!!

하루가 지난 이후에도 남부의 낮은 뜨거운 태양으로 가득했다. 밤의 차가운 공기와는 대조되는 열기. 그리고 그 열기만큼.

"와아아아아---!!!!

경기장의 관객들 역시 환호성을 지르고 있었다.

"음? 이봐, 어젯밤에 뭘 했기에 얼굴이 그 모양이야?"

"……."

경기장에 입장한 조태웅은 무열을 바라보며 말했다.

완전 엉망이었다. 시퍼렇게 멍든 눈두덩이와 여기저기 베인 상처들, 게다가 온몸엔 덕지덕지 붕대가 감겨 있었다.

"너, 설마 붕대 스킬 올리려고 자해라도 한 거야? 하하하!! 이거 골 때리는 녀석이구만!! 정상이 아냐!"

호탕하게 웃으면서 조태웅은 무열의 등을 찰싹 때렸다.

"내 상대는 누구지?"

하지만 그런 그를 상대하는 것조차 피곤한 듯 무열은 아콘을 향해 말했다.

"대전 상대는 이미 정해져 있을 테고. 순서가 상관없다면 내가 제일 먼저 하고 싶은데."

경기장의 방식을 이미 알고 있는 것처럼 말하는 무열의 모습에 조태웅은 신기하다는 표정으로 그를 바라봤다. 동의를 구하는 듯 아콘이 다른 사람들을 한 번씩 쓰윽 훑었다. 이견이 없는 모습. 그 광경에 아콘은 묘한 웃음을 띠었다.

"물론입니다. 살아남은 8인의 도전자는 부상 여하에 따라 상대를 결정하게 됩니다. 무열 님의 대전 상대는……."

엉망이 된 무열보다 더 심한 몰골로 서 있는 한 사람. 바로 어제 경기에서 아슬아슬하게 조태웅에게 살아남은 마렉 일가 중 한 명이었다.

"크윽……!!!"

그는 무열과 눈이 마주치자마자 자신의 무기를 들었다.

겨우겨우 목숨을 부지했지만 그 역시 상태는 무열과 비슷해 보였다. 위협적으로 보여야 할 해머는 그 무게가 힘겨워 부들부들 떨리는 다리 때문에 오히려 애처로워 보였다.

"……."

무열은 아무런 말도 하지 않았다.

대신.

콰아아아앙———!!!!

아무도 눈치채지 못했다. 그가 남자에게 다가가는 것을. 본능적으로 고개를 돌렸을 땐 이미 무열이 곡도로 있는 힘껏 내려친 뒤였다.

엄청난 굉음과 함께 경기장 바닥이 부서지며 마렉 일가의 남자는 방어도 제대로 하지 못하고 그대로 뻗어버렸다.

"휘유!! 뭐야? 꼴은 거지꼴인데 어째……."

조태웅은 눈빛에 이채를 띠며 생각했다.

'저놈, 어째 풍기는 느낌은 더 강해진 것 같잖아? 무슨 일이

있었던 거지?'

무열은 바닥에 박힌 곡도를 뽑으면서 말했다.

"됐지?"

마치 그걸로 충분히 알 거라는 것처럼 아콘을 잠시 바라보던 그는 헐거워진 붕대를 뜯어내며 경기장을 내려왔다.

"먼저 가지."

적막(寂寞).

조태웅의 등장과 마찬가지로 경기장의 사람이 모두 무열의 등장에 주목하지 않을 수 없었다.

"저 사람…… 뭐야?"

"실력자였어?"

"운이 좋아서 올라온 거 아냐?"

단체전에서 이렇다 할 모습을 보여주지 않았던 무열이었기에 관객들에게조차 각인되지 않았었다. 그러나 이번으로 인해 그를 모두가 주목하게 되었다.

저벅, 저벅, 저벅.

계단을 내려오는 무열을 향해 아콘이 들리지 않을 작은 목소리로 말했다.

"어젯밤에 하신 말씀, 정말이로군요?"

낮과 밤, 두 개의 경기장에서 모두 승리하겠다는 무열의 말. 아콘에겐 그저 용감한 도전자의 호기 어린 말로 들렸을 뿐이다. 말이 쉽지 낮과 밤 두 차례에 걸쳐 매일 검투를 벌이는 것은 결코 쉬운 일이 아니니까.

'게다가…….'

아콘은 똑똑히 보았다. 자신의 눈앞에서 7명의 투사가 그 자리에서 쓰러지는 것을. 그렇기 때문에 이제 더 이상 호기 어린 말로 치부할 수 없었다.

무열은 내리쬐는 햇볕이 귀찮은 듯 얼굴을 가리곤 아콘을 지나치며 말했다.

"물론이다."

"아저씨!!!!"

카랑카랑한 목소리가 무열의 귀를 때렸다.

소속된 부족이 없는 도전자들에게 주어지는 작은 막사 안. 무열은 이마의 땀을 닦았다. 조금 전 일격으로 상처가 벌어진 탓에 감았던 붕대가 피로 붉게 변한 상태였다.

"꼬마, 여기 오면 안 되는 걸 알고 있을 텐데. 누가 보기라도 하면 엘리젤 일족과 내가 연관되어 있다고 뻔히 알게 된다는 걸 몰라?"

"쯧, 시끄럽고! 어서 상처나 봐요. 도대체 뭘 하고 다니는 거예요!!"

"……."

무열의 으름장에도 불구하고 리앙제는 겁을 먹기는커녕 오히려 그의 상처를 살피느라 정신없었다.

"크윽?!"

붕대를 벗기자마자 그녀가 작은 병에 든 액체를 무열의 몸에 사정없이 뿌렸다. 불에 덴 것 같은 뜨거움에 그는 자신도 모르게 신음을 뱉어냈다.

아니, 차라리 불에 데었으면 나았을 것이다. 첨탑에서 획득한 화염 내성력이 있으니 말이다.

하지만 이건 약물에 의한 것.

"후우……. 약물 내성을 먼저 키웠어야 하나. 이거야 원……."

"시끄러워요. 일족에 내려오는 약이에요. 잔말 말고 오늘 하루는 쉬어요. 그렇지 않으면 아무리 좋은 약이라도 감당할 수 없으니까."

리앙제는 정말로 불에 덴 것처럼 약을 뿌린 무열의 몸에서 새하얀 증기가 피어오르는 것을 보면서 살짝 긴장한 듯한 목소리로 말했다.

"도대체 보긴 뭘 보라고 그렇게 자신만만하게 말했어요? 어제 경기장에서 한 거라곤 하나도 없는데 뜬금없이 상처투성이가 돼서 나타나기나 하고……."

"훗……. 그보다 이거 반칙 아냐? 외부인이 막 들어와도 제지하지 않는다니. 보안이 엉망이군."

"상관없어요. 애초에 부족 전사들은 다 도움을 받는데,

뭐……. 내가 여기에 들어온 건 비밀이지만요."

투정을 부리는 것처럼 말하는 리앙제의 모습에 무열은 피식 웃었다.

"미안하지만 오래는 못 쉴 것 같다."

"에? 또 뭘 하려고요!!"

리앙제가 무열의 말에 소리를 쳤지만 그는 피곤한 듯 그녀의 머리를 한 번 쓱 쓰다듬고는 막사의 침대에 누웠다.

"……으휴."

상처투성이의 그를 보며 어린 그녀는 더 이상 뭐라 할 말이 없어 그저 한숨을 내쉬었다. 자신의 일족과의 거래로 인한 것은 알지만 어린아이의 눈으로도 무열의 부상은 심각해 보였기 때문이다. 그러나 더 이상 해줄 수 있는 게 없었다.

그녀가 누워 있는 무열을 뒤로한 채 막사를 나오려 할 때였다.

"리앙제."

툭.

그 순간, 팔을 이마에 걸치고 누워 있는 무열이 고개를 돌리지도 않은 채로 그녀의 이름을 불렀다.

"오르도 창이 죽었을 때…… 많이 슬펐나."

"그걸 말이라고 해요? 가주님은 저희들의 은인인데."

리앙제는 막사의 천막을 부여잡고 대답했다.

"쓰…… 쓸데없는 걸 물어서."

뭔가 더 말을 하려다가 머뭇거리고는 결국 황급히 막사를 나갔다. 천막이 펄럭이는 소리를 들으면서 무열은 피곤한 눈을 감고 나지막한 목소리로 중얼거렸다.

"후우……. 그래, 죽으면 슬프겠지."

어스름한 밤.

경기장을 향해 걸어가는 무열은 피딱지가 내려앉은 상처들을 감싼 붕대를 천천히 벗겨냈다.

엘리젤 일족의 비약 효과일까. 아침까지만 하더라도 심하게 벌어졌던 상처들이 놀라울 정도로 빨리 아물어 있었다.

[붕대법 1 Point 상승하였습니다.]

[붕대법 : 100%(E랭크) 도달!!]

[붕대법 승급!]

[완벽한 붕대법 : 1%(D랭크)]

-능숙해진 붕대법으로 앞으로는 제법 깊게 베인 상처나 옅은 화상 이외에 동상 치료에도 효과가 있습니다.

'이런 식으로 랭크 업을 할 줄이야.'

마지막에서 그토록 오르지 않던 붕대법의 숙련도가 어젯밤 전투 이후 랭크 업에 성공했다.

"훗……."

그만큼 치열했던 검투라는 것에 무열은 씁쓸한 듯 웃었다.

밤의 경기장.

아콘은 피곤한 기색이 역력한 채로 들어오는 무열을 향해 손을 흔들었다.

"낮의 경기. 누가 올라갔는지 궁금하지 않으십니까? 결과도 보지 않고 돌아가셨잖아요."

"관심 없어. 어차피 내일이면 만날 녀석들일 텐데. 그보다 어서 시작하지."

"왜 그렇게 서두르는 겁니까? 어제 모습을 보니 실력이야 인정하지만……. 굳이."

아콘은 어느새 곡도를 꺼내 든 무열을 향해 이해할 수 없다는 듯 고개를 저었다.

"이유? 물론 있지. 아무도 깨지 못할 기록."

"……네?"

이강호가 죽은 이후 현재 아무 이름도 없는 서판에 이름을 남긴다.

게다가.

'언젠가 지워질 단순한 상위권은 필요 없다.'

오직 1위.

그러나 무슨 뜻인지 알 리가 없는 아콘은 무열의 말에 고개를 갸웃거릴 뿐이었다.

"그리고……."

드르르르르르르…….

마치 무열의 말을 끊으려고 하는 것처럼 검투의 시작을 알리는 경기장의 문이 서서히 열리기 시작했다.

'진실을 확인할 때이기도 하다.'

무열은 자신을 향해 천천히 걸어오는 화염처럼 붉은 갑옷을 입은 남자를 바라봤다. 곡도를 바닥에 꽂으며 그는 마치 오랫동안 기다린 사람을 만난 것처럼 인사했다.

"지금부터! 밤의 경기장의 마지막 대전이 시작됩니다!!! 7명의 투사를 이기고 올라온 강무열을 상대할 경기장의 최강자!! 바로……."

"열화검사."

"……에?"

아콘은 자신이 호명하기도 전에 그 이름이 나오자 당황한 듯 무열을 바라봤다.

"정말이지…… 만나기 어려웠다고."

이강호에게 검투사라는 직업을 갖게 해준 경기장의 주인. 같은 던전의 주인이지만 칸트나 마고우와 달리 그는 이름조차 없다. 단지, 열화검사라는 별명만으로 불릴 뿐.

"왜 오르도 창을 죽였나."

무열의 한마디에 경기장 계단을 오르던 열화검사의 발걸음이 멈췄다.

"열화검사, 아니지…… 이렇게 다시 말해야겠군."

살며시 입꼬리를 올리면서 무열이 열화검사를 향해 말했다.

이 세계는 게임이 아니다. 이름이 없는 NPC란 존재하지 않는다. 한낱 소수민족의 아이조차도 자신의 이름을 가졌다.

검무덤에서 발견했던 증거들. 그것을 조합해서 내린 하나의 결론.

"왜 죽은 척한 거지?"

순간, 투구 사이로 그의 눈동자가 떨리는 것 같다는 느낌은 단순한 착각일까.

"오르도 창."

"……."

무열의 물음에도 열화검사는 아무런 말도 하지 않았다. 천천히 경기장 위로 걸어 올라온 그는 무열을 바라보며 자신의 검을 뽑았다.

기다란 롱소드, 그리고 짧은 숏소드.

이강호가 썼던 것처럼, 그리고 오르도 창이 썼던 것처럼 마지막으로 엘리젤 일족이 만든 두 자루의 검처럼……!

우연의 일치라고 하기엔 우스울 정도로 똑같은 듀얼 소드(Dual Sword).

하지만 문답무용(問答無用).

"그래."

무열은 어느새 전투태세를 갖추고 선 그를 바라보며 고개를 끄덕였다.

"널 만나기 위해서 경기장의 유니크 클래스도 포기했는데, 이렇게 나오지 않으면 섭섭하지."

7명을 모두 이겼을 때 무열은 유니크 클래스를 얻을 수 있는 기회를 얻었다.

선택의 순간, 아콘은 무열에게 말했다.

"당신의 용맹을 알리고자 밤의 경기장의 주인에게 도전할 기회를 드리겠습니다. 목숨을 잃을 수도 있습니다."

[경기장 마지막 층에 도전하시겠습니까?]

드디어…… 기다렸던 그를 만날 수 있다.

'남부 경기장의 히든 클래스는 확실히 첨탑과 비교할 수 없을 정도로 높다. 연이은 전투. 특히 붕대법을 익히지 않은 사람들은 더더욱 클리어가 불가능하겠지.'

그런 의미에서 보면 이강호라는 존재가 얼마나 대단한 것인지 새삼 느껴졌다. 아무런 정보 없이 혼자서, 그것도 랭크업조차 하지 않은 상태에서 그는 밤의 경기장을 통과해 열화검사를 만났다.

'느린 길을 선택했다 하더라도 연속된 결투를 버텨내려면…….'

하지만 이제 와서 그게 무슨 의미가 있겠는가.

그는 죽었다. 방심, 여유, 빈틈. 여러 가지 이유로 무열 자신의 승리를 설명할 수 있겠지만, 어쨌든 지금은 이강호라는 사람조차 하지 못했던 방식으로 강무열은 경기장을 클리어하고 있다.

스르릉.

"하긴, 애초에 유니크 클래스 따윈 생각도 안 했으니까."

무열이 바닥에 꽂아 넣었던 곡도를 뽑아 들었다.

"대화는 서로의 얼굴을 보면서 하는 거라고 배워서 말이야. 일단 그 투구부터 벗어야겠지?"

파앗-!!!

검투의 호각 소리도 울리기 전.

콰아아아앙……!!!

두 사람이 맞부딪쳤다.

"이크!! 시…… 시작!!!!!"

격돌하는 순간 휘몰아치는 모래바람에 아콘은 휘청거리면서 황급히 경기장 무대를 도망쳐 나왔다.

머리 위로 곡도를 들어 올려 무열이 먼저 열화검사를 향해 내려쳤다. 공격을 막으려고 두 검을 교차로 쥔 순간, 무열이 왼쪽 발을 비틀며 곡도를 사선으로 그었다.

강검술(强劍術) 2식.

쾅---!!! 쾅!!! 콰앙---!!!!

공격은 한 번으로 그치지 않고 연속해서 열화검사를 몰아붙였다. 묵직한 곡도의 무게와 더불어 맹렬한 기세로 쏟아지는 무열의 공격에 열화검사의 몸이 휘청거렸다.

처크덩.

하지만 비틀거리는 순간에도 열화검사는 소검으로 곡도의 궤도를 조금씩 비틀었다. 찰나의 순간, 무열조차 자신의 곡도를 제어할 수 없는 짧은 틈을 열화검사는 놓치지 않았다. 곡도의 날이 아슬아슬하게 스치고 지나가며 경기장 바닥을 내려치자.

촤아아악!!!!

열화검사의 롱소드가 채찍처럼 그의 목덜미를 노렸다.

"큭……!!"

황급히 곡도를 뽑아 옆 날로 롱소드를 막았지만 그와 동시에 소검이 반대쪽 허리로 쇄도했다.

빠르다.

이강호의 연사검과 비슷하지만 속도, 정확성, 힘 모든 부분에서 그를 뛰어넘었다.

무열은 열화검사의 공격을 받아내면서 생각했다.

뭔가…….

'이상한데……? 어떻게 이강호가 열화검사를 이길 수 있

었지?'

랭크 업조차 하지 않은 상태에서 이 정도의 검술을 그가 받아낼 수 있었을까?

카강!!!

카가가가강---!!!

계속해서 이뤄지는 경합. 두 자루의 검 손잡이를 서로 맞물리자 양쪽에 날이 붙은 듀얼 블레이드처럼 열화검사가 허리를 꺾으며 검을 흩뿌렸다.

연사검 3식(式).

본적은 있었지만 처음 받아보는 검술에 무열의 방어가 휘청거렸다. 뱀처럼 날카롭게 급소를 노리는 검술인 연사검 본연의 특징과는 다르게 마치 강검술처럼 묵직한 힘이 느껴졌다.

연사검 4식(式).

휘이이익!!!

롱소드가 호를 그리며 오른쪽에서 왼쪽으로 날카롭게 그어졌다.

콰득……!!!

마지막 5식(式).

"크흑!!!"

아슬아슬하게 허리를 스쳐 지나가는 검날에 뒤로 물러선 순간.

"……!!!"

무열은 자신이 어느새 경기장의 끝에 몰렸다는 것을 발견했다.

툭.

마지막 일격을 남겨두고 열화검사는 자신의 검을 거두었다. 마치 장외는 인정하지 않는다는 것처럼 잠시 무열을 바라보던 그는 천천히 경기장의 중앙으로 걸어갔다.

그건 배려가 아니다. 기분 나쁜 여유.

콰득---!!!

그 모습을 보며 무열이 있는 힘껏 다리에 힘을 주었다. 경기장 바닥에 발자국이 깊게 박히며 지면이 떨렸다.

달려오는 무열을 보면서도 열화검사는 피하지 않았다.

"으아아아!!!"

비연검(飛軟劍).

그 순간이었다. 변화무쌍한 무열의 검이 열화검사에게 닿으려는 때, 마치 잔상이 일 듯 그가 있던 자리에서 옅은 불꽃이 일었다. 그와 동시에 그가 두 자루의 검으로 무열의 공격을 가볍게 쳐 냈다.

복잡한 검술에 비해 그의 동작은 단순했다. 그러나 무열보다 빠르며, 더욱 정확하고, 훨씬 날카로웠다.

섬광과도 같은 열화검사의 검격(劍激)이 좌에서 우로, 다시 위에서 아래로 정신없이 쏟아졌다.

차자자장……!!!

창! 차장창———!!!!

검이 맞부딪칠 때마다 불꽃이 일었다. 동시에 들리는 수십 번 교차되는 검격의 소리.

다시금 열화검사가 무열의 틈을 노렸다.

연사검 1식.

콰드드드드드드득———!!!!!!

"후우……."

그렇게 몇 번이나 반복했을까.

1식에서부터 5식까지 연속적으로 검술을 펼치는 열화검사의 공격을 받아치며 무열의 몸엔 여기저기 상처가 잔뜩 생겼다. 반격할 여유도 없이 막기 바빴다.

아콘은 두 사람의 검투를 보며 입을 다물지 못했다.

처음에는 양팔이 베였다. 두 번째는 다리에 깊게 검이 박혔다. 세 번째엔 불에 덴 듯 뜨거운 상처를 남기며 검이 허리를 스쳤다. 하지만 그다음엔 다섯 검식 중 세 번을 막았다.

"퉷."

무열은 한 움큼의 핏덩이를 뱉어냈다. 이제, 다섯 검식 중 네 번을 막고 검술을 막고 마지막을 기다리고 있었다.

"……따라잡고 있어?"

열화검사의 공격이 점차 무위로 돌아가는 것을 보면서 아콘은 혀를 내둘렀다.

경기장 최고의 투사. 그 존재가 얼마나 대단한 것인지 모를 리가 없다. 하지만…… 그 공격을 조금씩 따라가고 있는 무열의 얼굴은 가능성이라든지 기회에 대한 기쁨이 아닌 알 수 없는 분노로 휘감겨 있었다.

파앗―――!!!

다시 한번 열화검사가 무열을 향해 달렸다.

"흡!!!"

이번은 쉽사리 당하지 않는다. 아니, 오히려 무열은 그의 다섯 번째 초식을 막으며 반격을 시도했다. 극(極)의 속도로 몰아치는 검을 튕겨내며 무열이 비연검을 펼쳤다.

"……!!"

보이지 않던 검의 궤도가 이제 보인다. 인식하기 전에 몸이 반응했고, 몸이 반응하자 머릿속에 그의 검이 그려졌다.

열화검사의 연사검이 시전되기도 전에 가로막혔다. 곡도의 날이 반대로 그의 목을 노리면서 들어왔다. 자칫 목이 날아갈 수도 있던 위태로운 순간에 그가 소검으로 아슬아슬하게 방어했다.

파앗―――!!!

검이 맞부딪치고, 두 사람이 서로를 밀치며 거리를 벌렸다.

피리리링---!!!

창그랑……!!

곡도의 힘을 버티지 못한 소검이 공중으로 튕겨 몇 바퀴를 구르다 바닥으로 떨어졌다.

"……!!!"

지금까지와는 전혀 다른, 열화검사의 밀리는 모습에 믿을 수 없다는 듯 아콘의 눈이 커다랗게 변했다.

연사검.

이 검술과 맞붙은 건 이제 두 번째다. 아직 5개의 초식을 완벽하게 익히지 못했던 이강호와 달리 열화검사는 모든 초식을 펼쳤다. 처음에는 따라가기조차 벅찼지만 어느새 그 검을 따라잡고 오히려 반격까지 성공했다.

자신이 강해진 걸까? 어째서 완벽한 연사검에 이렇게까지 싸울 수 있을까.

열화검사의 검은 너무나도 변칙 없는 교본과도 같은 검술이었다.

빠득.

그때였다. 바닥에 떨어진 소검을 바라보며 무열의 표정이 완전히 일그러졌다.

"너---!!!!!"

떨어진 소검은 아랑곳하지 않고 두 손으로 검을 쥐는 열화검사를 보며 더 이상 참지 못하겠다는 표정으로 무열이 그를 향해 몸을 날렸다.

콰아앙!!!

곡도와 롱소드가 서로 부딪혔다. 그 순간 열화검사의 몸이 휘청거리면서 흔들렸다. 곡도의 힘에 밀려 공중으로 부웅 떠오른 그의 등이 그대로 경기장 바닥에 떨어졌다.

"지금…… 장난해?"

대(大)자로 누운 열화검사를 향해 무열이 성난 목소리로 물었다. 무슨 상황인지 이해가 가지 않는 아콘만이 갑작스럽게 무너지는 열화검사의 모습에 당황했고 무열이 화를 내는 모습에 한 번 더 놀랐다.

"넌 아까부터 계속 1식에서 5식까지 똑같은 패턴으로만 공격하고 있다. 아니, 이건 공격이라고 할 수도 없지. 무슨 속셈이지? 나한테 검술이라도 가르치려는 거냐?"

"……."

"아니면 여기까지 온 날 무시하는 거냐!"

어젯밤의 피비린내가 아직도 가시지 않았다. 7명의 투사의 피를 머금고 마지막 검투에 올라온 무열이었다. 오히려 어제의 경기가 더 치열했을 정도다.

그때였다.

"죽여라."

지금까지 단 한마디도 없었던 열화검사의 첫마디.

"그러려고 온 것 아닌가? 너희들은."

얼굴을 가린 채로 열화검사, 아니, 오르도 창은 무열을 바라봤다.

"……뭐?"

생각지도 못한 말에 무열은 놀란 듯 되물었다.

"너무도 불공평하지 않은가, 이 세계."

투구의 뒤에 가려진 눈빛엔 지금까지 없었던 그의 분노가 서려 있었다.

"우리가 죽을힘을 다해 익혀야 하는 것들을 너희는 스킬이라는 명명 아래 너무도 쉽게 사용하지."

"……."

"그런 부조리한 세계에서 신이 나에게 명한 것. 이 밤의 경기장을 찾은 자에게 나의 스킬을 가르쳐 주는 것. 우습지 않은가."

나지막한 목소리에 차가운 설움이 스며들어 있었다.

"그리고 그 끝은 너희에게 죽음을 맞이하는 것이겠지. 나의 아버지가 그랬던 것처럼. 그리고 또 그다음 누군가가 이 업(業)을 이어받겠지."

그 순간, 무열의 머릿속에 이강호가 스쳐 지나갔다.

"그리고 또 너희는 우릴 죽이겠지. 강해지겠다는 명목으로 아무렇지 않게. 자신들을 죽일 살해자에게 자신의 검술을 가르쳐 줘야 한다니. 이보다 더 우스운 일이 있을까."

마치 게임의 NPC처럼 신이 안배한 업에 반항하지 못하고 따라야 하는 존재.

순간, 탑에 갇혀 세계를 뒤엎어버리려고 기다리던 칸트나 마고우가 떠올랐다.

"이제 나의 검술은 모두 보여줬다."

콰아아앙---!!!!

그때였다. 그의 말을 듣고 있던 무열이 있는 힘껏 곡도를 내려쳤다. 굉음과 동시에 죽음을 기다리는 듯 눈을 감고 있던 오르도 창이 천천히 눈을 떴다.

퉁.

얼굴을 가리고 있던 투구가 반으로 쪼개졌다. 날카로운 곡도의 날이 스치고 지나간 오른뺨에 붉은 선이 하나 생겨났다. 그 상처를 따라 흐르는 피가 경기장 바닥에 떨어졌다.

"누구 마음대로?"

"……."

"랭크 업 던전의 마지막 보스가 허무하게 죽는 것이 고작 네가 생각한 신에 대한 반역이냐. 그렇다면 어째서 엘리젤 일족에게 그런 의뢰를 맡게 했지? 우리가 서로 죽이도록."

오르도 창은 말이 없었다.

"미웠겠지."

자신들이 미웠을 것이다. 똑같이 살아 숨 쉬고 존재하는 자신들을 단순한 랭크 업을 하는 도구로 여겼으니까.

살인.

자신들의 생명의 무게와 우리들의 생명의 무게 중 무엇이 더 무겁고 무엇이 더 가볍겠는가.

그런 것은 없다.

불꽃 첨탑의 칸트나 마고우 역시 그렇게 생각했을 것이다.

신에 대한 분노. 그러나 그는 그 분노의 표출을 인간에게 했다.

"이해한다. 하지만 상대를 잘못 골랐다."

무열이 오르도 창의 눈을 바라봤다.

"우리 역시, 녀석을 증오하긴 마찬가지니까."

15년 뒤, 마치 재밌는 게임을 보듯 여섯 종족을 한꺼번에 몰아넣어 서로 죽이고 죽는 것을 보며 신이란 놈들은 웃고 있었을 테니까.

그걸 겪었던 무열은 그 누구보다도 그 분노를 이해할 수 있었다.

"우리들의 스킬이 부럽나? 우리에게 스킬이라는 시스템을 준 신이 미운가?"

참았던 말을 꺼낸다.

규율이라는 이름의 시스템. 스킬 창조자라는 타이틀을 가지고 있음에도 그 시스템에 벗어나지 못한 무열. 그리고 그 시스템 대신 신이라는 존재에 억압된 오르도 창. 둘은 아이러니하게도 다르면서 닮았다.

바닥에 박힌 곡도가 파르르 떨렸다.

"검술을 익히려고 해도, 검술을 알고 있어도 스킬이 발현되지 않으면 우린 쓸 수 없다. 하지만 그 시스템에 속해 있지 않는 넌 노력만으로 검술을 사용할 수 있다. 그게 무엇을 의미하는지 알겠나?"

마스터리(Mastery)라는 시스템. 정확한 보폭과 정확한 방식으로 사용해야만 스킬화가 되는 검술. 그게 어떤 제약이 있는지 오르도 창은 절대 모를 것이다.

"너희들은 노력만 한다면 그 어떤 검술도 배울 수 있다. 더 강해질 수 있다. 외지인인 우리들로부터 네 사람들을 지키고 싶다면 네 손으로 직접 녀석과 싸워라."

"그게 가능할 리가……."

무열의 말에 오르도 창은 고개를 저었다.

그 순간.

"내가 해주겠다."

"……!!"

전혀 생각지도 못한 말.

"나의 스킬을 너에게 알려주지."

충격이었다. 밤의 경기장 보스로서 오르도 창은 신이 내린 명령에 따라 이곳을 발견하여 자신을 이긴 상대에게 스킬을 전해주고 직업을 전해주는 일만 생각했다. 반대로 자신이 뭔가를 얻을 것이라고는 단 한 번도 생각해 본 적이 없었다.

하지만 무열은 그가 당연하게 생각했던 모든 것을 뒤집었다. 바닥에 꽂은 곡도를 뽑아 들며 오르도 창 위에 올라섰던 무열이 한 발 물러섰다.

"대신."

그 순간, 무열이 마지막 말을 뱉었다.

"나를 따라라."

17장
두 번째 작업

"이…… 이봐!! 지금 그게 무슨 말이야!!"

지금까지 무열에게 존댓말을 하던 아콘이 자신의 상황도 잊은 채 소리쳤다. 그러나 두 사람은 그의 존재 따위는 눈에 들어오지 않는 듯 귀가 먹먹해질 정도의 목소리임에도 불구하고 누구도 신경 쓰지 않았다.

"지금…… 나랑 장난하는 겁니까."

"장난은 오히려 네가 먼저 했지. 너에게 이곳 경기장이 그렇게 우스운가? 친절하게 검술이나 가르쳐 주는?"

"……."

"네 말대로 나는 이곳에 온 지 며칠밖에 되지 않는다. 하지만 적어도 난 경기장을 경험했고, 내가 이곳에서 느낀 건 목숨을 걸고 싸워서 쟁취해야 한다는 것이다."

무열은 오르도 창을 바라봤다.

"바로 명예."

그의 눈빛이 흔들렸다.

"5대 부족과 그 밑에 많은 소수민족이 경기장의 승리자에게 주어지는 '검의 구도자'라는 타이틀을 우러르는 이유가 그것 아닌가. 그렇다면 넌 스스로 그 명예를 더럽히고 있는 것이다."

"내가…… 그럼 어떻게……."

"싸워라."

무열이 바닥에 떨어진 오르도 창의 검을 집어 들어 그의 앞에 던졌다.

창그랑……!!!

날카로운 쇳소리가 들리면서 검이 바닥으로 떨어졌다.

"말로만 해서는 너도 납득할 수 없겠지. 스스로 네가 날 인정하게 된다면 그때 결정해라."

"……."

불꽃 첨탑에서 죽은 칸트나 마고우는 탑에서 나와 토착인과 외지인을 가리지 않고 수많은 사람을 죽였다. 하지만 남부 경기장의 열화검사가 사람들을 죽였다는 이야기는 단 한 번도 없었다.

계승되는 전통으로 경기장에서 목숨을 잃게 되는 이유도 있었겠지만 척박한 땅인 남부에서 사는 부족들이 신에게 전면에서 반(叛)하지 못한 것이다.

'안톤 일리야는 남부 일대의 부족들을 흡수하면서 자신의 세력을 키웠다.'

번개군주라는 이명과 함께 두 자루의 검. 뇌전과 뇌격을 사용했던 그는 어쩌면 이 부족들의 마음을 움직인 것일지 모른다.

'토착인인 그들이 외지인인 안톤 일리야의 산하에 들어갈 수 있었던 이유는 오르도 창과 똑같이 신을 거역하고 싶으나 용기가 부족해서일 수도 있겠지.'

그 기회를 제시한 사람이 안톤 일리야. 물론, 그는 신에 대한 반역보다 권좌에 올라 단 한 명에게 주어지는 보상을 원했지만. 그렇지 않고서야 남부 부족의 전사들을 그렇게 방패막이로 이용하지 않았을 것이다.

'예전에 난 3거점에서 강찬석에게 강검술을 가르쳐 주려고 했었다.'

하지만 실패. 게다가 자신 역시 강검술 3식을 펼쳤을 때 실패했다. 자신 역시 시스템에 얽매여 있다. 그것으로 추측했을 때, 검술 마스터리가 최상위 등급까지 오르지 못한다면 누군가에게 스킬을 전수할 수 없다는 생각이 들었다.

하지만 반대로 생각해 보면 오르도 창에겐 자신들과 같은 검술 마스터리라는 시스템이 없기 때문에 마스터를 떠나 자신의 비기인 '연사검'을 도전자에게 가르쳐 줄 수 있는 것이다.

그 말은.

'강찬석과는 달리 내 검술을 배울 수 있다는 말.'

스킬이라는 시스템 자체가 없으니 그 제약도 없다. 같은 하나의 규율에도 두 사람은 서로 다른 부분으로 얽매여 있었다.

무열은 그 사실에 전율이 느껴졌다. 완벽하게 보이기만 했던 이곳의 시스템에도 빈틈은 존재한다.

권좌에 오르기 위해서 필요한 것. 아니, 그것을 뛰어넘어 신에게 도전하기 위해선 그가 만든 시스템에서의 빈틈을 찾아내야 한다. 그러기 위해서 자신만이 아닌 토착인이라는 세력이 열쇠가 될 수 있다. 두 세력의 힘이 합쳐진다면…….

비단 검술만이 아니다. 지금처럼 어느 한쪽만 규율에 적용되는 일들이 있다면 자신들이 할 수 없는 일을 저들이 하고 저들이 할 수 없는 일을 자신들이 할 수 있다.

'어떤 상황에도 답을 찾을 수 있다.'

하지만 그러기 위해선 자신과 어깨를 나란히 할 수 있을 만한 실력을 가진 토착인이 필요하다.

그리고 그런 사람이 지금.

'눈앞에 있다.'

남부 일대의 최고의 투사.

실로 떨리는 순간이 아닐 수 없다. 놓칠 수 없다.

"……."

오르도 창은 자신의 앞에 떨어진 검을 한동안 바라봤다. 머릿속이 복잡했다.

"검을 부딪쳐 봤으니 알 텐데. 내가 너에게 검술을 배우기만 할 사람이 아니라는 걸."

무열이 말했다.

"그러니 이제 봐줄 필요 없다."

그는 어느새 곡도를 쥐며 자세를 취했다.

이곳은 경기장. 오직, 승자 단 한 명만이 살아남는 곳이다. 패자에 대한 생사결정권은 승자에게 있는 것. 단순하고 명확하다.

"널 이기고 내가 갖겠다."

승리도, 보상도, 그리고 오르도 창이라는 검사까지.

"……으아아아아아!!!!"

그 순간, 오르도 창이 떨어진 두 자루의 검을 쥐고 마치 지금까지의 울분을 토해내듯 소리치며 무열을 향해 달렸다.

콰아아아아---!!!!

서로의 검이 격돌하자 폭발이라도 일어난 것 같은 엄청난 굉음과 함께 경기장이 떨렸다.

"우악……!!"

지금까지도 믿을 수 없는 무위(武威)였다. 하지만 앞으로 보게 될 장면은 상상 이상으로 대단할 터. 아콘은 그 무게에 눌려 경기장에 다가갈 엄두조차 내지 못한 채 두 사람을 저 멀리서 바라볼 뿐이었다.

경기장의 셋째 날이 밝았다. 이제 남은 도전자의 수는 반으로 줄어 모두 네 명. 첫날의 환호성도 이제 사라졌다.

복면을 쓴 두 명의 도전자. 팔짱을 끼고 침묵으로 일관한 채 서 있는 두 사람을 보며 조태웅이 말했다.

"준결승인데 오히려 썰렁하군. 이럴 줄 알았으면 부족 전사 한 명은 올려보낼 걸 그랬나? 거기 두 사람 중 한 명이 좀 포기하지 그랬어."

"……."

"아, 부족 한 녀석은 나랑 싸웠지? 하하하하!"

우습지도 않은 농담을 뱉었지만 반응은 처음과 별반 다르지 않고 싸늘하자 민망한 듯 조태웅은 입맛을 다셨다. 그의 얼굴에 지금까지는 볼 수 없는 옅은 상처가 있었다.

"좋아, 보아하니 너희들도 지구에서 온 것 같은데……. 기분 좋은 날이니 내가 큰마음 먹고 한 가지 비밀을 알려주지. 이 조태웅, 까짓것 남자니까 말이야."

그는 씨익 웃으면서 자신의 가슴을 퉁퉁 쳤다.

"너무 여기에만 연연하지 마라. 사실 이 경기장엔 비밀이 숨겨져 있다고. 하하하."

알쏭달쏭 뒤끝을 흐리면서 조태웅은 복면을 쓴 두 사람을 향해 재밌다는 듯 크게 웃었다. 하지만 그 말에도 불구하고 낀 팔짱조차 풀지 않고 마치 복사를 해놓은 것처럼 서 있는 두 사람.

"크흠……. 그보다 마지막 한 놈은 왜 안 오는 거야? 어제 보니 상처투성이던데……. 어디 가서 몬스터에게 돼지기라도 한 거 아냐."

결국 헛기침을 하며 조태웅은 머쓱한 듯 주위를 살폈다. 그러고 보니 경기를 주도해야 할 아콘도 보이지 않았다. 경기 시각이 지났음에도 불구하고 오히려 부족 사람조차 보이지 않으니 뭔가 이상할 따름이었다.

그때였다.

"어……!!!"

조태웅이 손을 들어 소리치자 그제야 처음으로 복면을 쓴 두 사람이 고개를 돌렸다. 세 사람의 눈에 들어온 건 다름 아닌 넋이 나간 얼굴로 경기장으로 진입하는 아콘이었다.

"뭐야, 도깨비. 늦었잖아!"

조태웅은 두 사람에게서 받은 민망함을 화풀이라도 하려는 듯 아콘이 보이자마자 소리쳤다. 하지만 돌아오는 반응은 복면을 쓴 사람들과 별반 다르지 않았다.

조태웅의 말에 고개조차 돌리지 않고 여전히 멍한 표정으로 계단을 오르는 아콘.

"우씨, 이것들이 다들……."

그까지 자신을 아는 척도 하지 않자 조태웅은 결국 입술을 들썩이며 한 대 때릴 듯 신경질적으로 으르렁거렸다.

"에이, 됐다. 여기서 이래 봐야 뭐 하나. 이따 더 중요한 게 남아 있는데. 하하하."

그러다가도 다시 고개를 저으면서 혼자만 알고 있는 비밀 같은 것에 다시 히죽거리며 웃고는 인심을 쓰는 것처럼 말했다.

"조금 늦었지만, 괜찮겠지."

그 순간, 경기장에 있던 세 사람은 전혀 눈치채지 못했던 목소리가 들리자 황급히 고개를 돌렸다.

아콘은 떨리는 눈빛으로 그를 바라보고 있었다.

강무열.

"뭐야, 쌍으로 지각이나 하고."

그의 등장에 조태웅은 별것 아니라는 듯 아콘과 강무열을 번갈아 가며 바라보면서 혀를 찼다.

만약 이곳에 있는 그 누구라도 오늘 아침 경기장 서판을 봤다면 무열을 절대로 가볍게 생각하지 못했을 것이다. 하지만 연이은 경기에 그의 이름이 올라간 서판을 확인한 사람은 아무도 없었다.

아콘은 덩치에 어울리지 않게 떨리는 목소리로 말했다.

"겨…… 경기를 시작하겠습니다."

무열은 천천히 검을 꺼냈다. 그 모습을 보며 아콘의 입술이 파르르 떨렸다.

한 손에 롱소드, 다른 한쪽엔 날카로운 숏소드. 지금까지 쓰던 곡도가 아니다. 무열의 손에 들린 두 자루의 검. 그건 바로, 뇌전(雷電)과 뇌격(雷擊)이었으니까.

어젯밤, 밤의 경기장.

어느새 시간은 새벽이 되었다. 경기장은 마치 폐허가 된 것처럼 부서져 있었다. 산산조각이 난 무대. 경기장에 서 있는 한 사람은 아무런 말을 하지 않았다. 아니, 하지 못했다고 말하는 것이 맞을 것이다. 왜냐면 그는 이 상황에 끼어들 엄두조차 내지 못하고 있었으니까.

유일하게 두 다리로 서 있는 사람은 다름 아닌 아콘이었으니까.

"……말도 안 돼."

오래된 전통만큼 많은 전투를 봤었다. 하지만 이토록 치열한 경기는 본 적이 없었다. 마치, 열화검사라는 이름처럼 모든 것을 불태우려는 듯한 오르도 창의 모습은 지금껏 단 한 번도 볼 수 없었던 모습이었다. 조용하고 차분하기만 했던 그에게 이런 패기가 있을 줄이야 누가 알았겠는가.

창 일가의 검(劍)은 절도 있고 깨끗하다. 지금껏 그렇게 생각해 왔던 세간의 평가를 뒤집어야 할지도 모르겠다. 뜨겁고 강렬한 검이야말로 창 일가의 검(劍). 실로, 열화(烈火)에 어울리는 검이었다.

'하지만…….'

그 검 앞에 섰던 또 다른 한 사람. 아콘은 그의 대한 감상을 단 한 단어로 표현할 수 있을 것 같았다.

"괴물……."

그 뜨거운 검을 모두 막아냈다. 그리고 피했다. 그리고 반격했다. 그리고…….

"이겼다."

부스럭…… 부스럭…….

엉망이 된 경기장에서 모래 먼지가 일순간 일어났다 가라앉았다. 쓰러져 있던 두 사람 중 지금 일어서는 자가 누구인지 아콘은 굳이 보지 않아도 알 수 있었다.

"어떠냐."

무열이 바닥에 누운 채로 하늘을 바라보는 오르도 창을 향해 말했다.

"……강하군."

"물론."

어쩐지 홀가분한 얼굴이었다. 전심전력으로 부딪히고 깨지지 않으면 저런 표정이 나올 수 없다.

"지금까지 많은 외지인을 봤다. 그리고 그들은 모두 서로를 죽이는 것도 모자라 우리를 침략하고 죽였지. 그런데…… 당신은 다를 수 있는가."

"글쎄. 그건 네가 지켜봐야 할 일이겠지. 하지만 내 길이 틀리다면 다시 나를 향해 검을 들어라. 언제든지."

"훗……."

무열의 말에 오르도 창은 피식 웃었다. 지금까지 이런 말을 한 외지인은 없었다. 그리고 앞으로도 없을 것 같다고 그는 생각했다.

"나의 아버지가 먼저 당신을 만났었더라면 기뻐했을 텐데."

"미안하다. 그때 난 약했으니까."

"설마……."

그의 과거를 알 리 없는 오르도 창은 무열의 말에 믿을 수 없다는 듯 고개를 저었다. 약자의 고통에 대해 그저 이해하는 척하는 것이라 생각했다. 하지만 그럼에도 불구하고 그것을 믿고 싶어졌다. 이상하게…… 말이다.

"이제 뭘 하실 생각입니까."

오르도 창이 물었다. 밤의 경기장에서 직업을 얻은 사람은 이곳을 미련 없이 떠난다. 무열 역시 그럴 것이라고 생각했다.

"당연한 걸 묻는군."

그가 오르도 창의 앞으로 걸어가 멈춰 섰다.

"낮의 경기장에서의 우승. 널 끔찍이 여기는 꼬마 녀석이 원하거든."

오르도 창은 그 말에 할 말을 잃은 듯 웃었다.

"하…… 하하……."

정말로 자신의 생각을 뛰어넘는 남자였다.

무열이 그를 향해 손을 뻗었다. 그게 무엇을 의미하는지 오르도 창은 알 수 있었다. 그리고 우습지만 이제는 이것 말고는 다른 선택지가 생각이 나지 않는다.

그는 더 이상 고민하지 않았다.

오르도 창이 무열의 손을 맞잡았다. 맞잡은 손에 힘이 들어간다. 쓰러져 있던 그가 무열의 힘에 이끌려 바닥에서 일어섰다.

그 순간이었다.

[히든 피스 발견!!]

[화염(火焰)의 군주(君主)]

[직업을 선택할 수 있습니다.]

[특징 : 밤의 경기장의 최강자, 열화검사가 인정한 단 한 사람은 그의 주인이 될 자격이 충분합니다. 창 일가뿐만 아니라 산하의 부족들까지 당신을 따를 것입니다.]

[하나, 영원한 것은 없다는 걸 명심하십시오. 당신의 길이 그들과 맞지 않을 시 언제나 등 뒤에 있는 검에게 공격당할 수 있는 것이 군주라는 걸.]

쿵…….

쿵쿵……!!

무열은 자신의 앞에 나타난 메시지창을 바라보며 심장이 두근거리는 것을 느꼈다.

드디어 찾았다. 권좌에 오르기 위한 클래스.

일어선 오르도 창은 천천히 무열의 앞에 무릎을 꿇으며 고개를 숙였다.

"당신을 따르겠습니다, 군주(君主)여."

[화염의 군주로 전직하시겠습니까?]

자신의 앞에 무릎을 꿇고 있는 오르도 창을 바라보면서 무열은 천천히 고개를 끄덕였다. 그러자 메시지창이 사라지며 이번엔 붉은빛이 감도는 빛 무리가 무열의 발아래에서부터 천천히 솟구쳐 오르기 시작했다.

[화염(火焰)의 군주(君主)로 전직]

[등급 : 로드 클래스(Lord Class)]

[효과 : 열화검사의 주군이 되었습니다. 그의 일가를 포함하여 창 일가의 권세에 있는 모든 부족이 당신에게 충성을 다합니다.]

[히든 스테이터스 : 권위(Authority) 획득]

'음……?'

무열은 전직을 알리는 확인창을 읽다가 처음 보는 새로운 것을 발견했다.

두 번째 히든 스테이터스, 이것 역시 그가 알지 못하는 것이었다. 아니, 남부 경기장에서 클래스를 얻은 이강호도 얻지 못한 특성. 어쩌면 이 세계에서 처음이자 마지막. 유일하게 무열만이 획득하는 특성일지도 모른다.

[권위(Authority)]
남부 경기장의 강자인 열화검사의 인정을 받은 단 한 사람, 화염의 군주만의 고유 특성.
권위 상승 시 권세의 절대적인 충성심을 받게 된다. 토착인들 세력의 호감도가 상승하게 된다.
-권세의 힘은 개인에게서 나오는 것이 아니다. 자신의 검이 되고 창이 되어줄 전사들이야말로 군주의 진정한 힘이다.

무열은 히든 스테이터스의 내용을 읽으면서 자신도 모르게 주먹에 힘을 주게 되었다.

첫 번째 직업에서 얻은 카르마라는 특성과 더불어서 두 번째 권위는 모두 자신뿐만 아니라 자신의 권세에 있는 사람에게 영향을 끼치는 특성이었다.

카르마의 용기가 전투에 관련된 특성이라면 권위는 권세를 유지하는 힘이었다. 그리고 둘 모두 그 수가 많으면 많아질수록 더욱 빛을 발한다.

이 특성들을 보고 있자니 마치 처음부터 군림하기 위해 마련된 포석같이 느껴졌다.

하나만 얻어도 강력한 특성. 그런 숨겨진 스테이터스를 무열은 하나도 아니고 두 개나 얻었다.

'이것뿐만 아니라 아직도 더 많은 특성이 숨겨져 있을 것이다.'

그리고 아직까지도 그를 기다리고 있는 4개의 랭크 업 던전이 존재한다. 그곳에도 지금과 마찬가지로 히든 피스가 존재할 것이며 그것들을 독식할 수 있는 힘을 가진 건 무열뿐일 것이다.

"군주시여, 이것을."

"음?"

오르도 창은 품 안에서 작은 보옥 하나를 꺼냈다.

"일가에 대대로 전해지는 가보입니다. 평생을 바칠 주군께 건네라 하였습니다. 지금부터 이것은 군주님의 것입니다."

다각형으로 깎인 보옥은 언뜻 보기엔 단순히 값비싼 보석같아 보였다. 하지만 무열은 그것을 본 순간 단번에 그게 무엇인지 알 수 있었다.

속성석(屬性石).

그건 단순히 몬스터가 드랍하는 마석이 아닌 5대 원소 중 하나의 힘이 응축되어 있는 돌이다.

'게다가 각이 6개로 되어 있는 최상급 6각석이다. 15년 뒤에도 거의 얻기 어려운 것인데…….'

무(無)각에서부터 최대 8각까지 있는 속성석. 아이템에 인챈트를 해서 속성 무기로 사용할 수도 있으며 연금술 스킬을 가진 사람이 있다면 제조해서 자신의 속성을 높일 수도 있다. 사용하기에 따라 여러 가지로 이용할 수 있다.

게다가 현시점에서 각의 유무를 떠나 속성석 자체에 대해 아는 사람도 없을 것이다.

'8각보다는 두 단계 아래지만 이 정도면 지금은 구할 엄두도 내지 못하는 물건이다.'

6각석의 경우에도 최소 난이도 S급인 '붉은 아귀의 둥지'라든지 '서리늑대 무덤' 같은 던전을 가야 한다.

이제 막 D랭크의 1차 전직이 끝나는 시점에서 S랭크의 드랍템을 얻었다.

S랭크가 나오려면 최소 몇 년은 지나야 한다. 오르도 창이 지니고 있던 가보는 권좌를 노리는 다른 강자들과 비교했을 때 지금의 무열을 몇 단계나 위로 올려줄 것이다.

무열은 고개를 끄덕이며 그가 건넨 보옥을 받았다.

그때였다.

좌아아아악---!!!

갑자기 그의 손에 들린 보옥이 사방으로 불꽃을 뿜어내기 시작했다. 지금까지 대대로 보옥을 보관하면서 단 한 번도 일어난 적이 없던 일에 오르도 창은 황급히 손을 떼고 불길을 막으려 했다.

"괜찮다."

맹수처럼 날뛰는 화염을 보는 무열은 보옥을 건네준 오르도 창에 비해 담담했다.

치익…… 치이익……!!

불꽃이 닿을 때마다 무열의 피부에서 연기가 나며 시뻘겋게 화상 자국이 남았다.

화염 내성력을 가진 그가 아니었다면 어쩌면 그 고통을 참기 어려웠을지 모른다. 아니, 사실 내성력이 있어도 그 고통은 장난이 아니었다.

'종잡을 수 없는 불꽃.'

무열은 화염의 6각석 속에 담겨 있던 불길이 왜 이렇게 미친 듯이 이는지 알았다. 자신의 손에 있는 반지가 속성석에 반응했기 때문.

잡아먹히느냐 잡아먹느냐의 싸움처럼 속성석의 화염과 반지 속 불꽃이 서로 뒤엉켜 어지럽게 부딪치고 있었다.

'이러다가 좀 위험하겠는데…….'

같은 불꽃이면서도 마치 성질이 다른 두 사람처럼 싸우는 것을 보며 무열은 생각했다. 특히나 '종잡을 수 없는 불꽃'의 특징 중 하나가 화염을 반사하는 과정에서 자칫 잘못하면 사용자에게 그 대미지가 들어온다는 것이었다.

6각석의 화염 대미지가 두 배가 된다.

오르도 창과 혈전을 벌였던 무열의 상태로 그것을 받았다간 어떻게 될지 결과를 장담할 수 없었다.

'그렇다면…….'

폭주하기 전에 흡수한다.

본디, 제련되지 않은 속성석은 그대로 사용할 수가 없다.

그렇기 때문에 대부분 무기나 방어구에 인챈트를 한다. 몸 안에 흡수를 시키기 위해선 연금술(Alchemy)의 힘을 빌려야 한다. 하지만 무열의 '종잡을 수 없는 불꽃' 때문에 날뛰는 힘을 잠재우기 위해선 자신의 몸 안에 이 힘을 가두는 수밖에 없다.

'마치…… 불꽃이 날 시험하는 것 같은 느낌인걸.'

무열은 그것을 바라보며 피식 웃었다.

클래스의 효과인 걸까?

사실상 자신의 내성력은 변하지 않았다. 그럼에도 화염의 군주라는 클래스를 얻자마자 날뛰는 불꽃과 마주한 그는 어쩐지 그 불길이 두렵지 않게 느껴졌다.

"군주님……."

오르도 창은 그 모습에 불안한 듯 무열을 불렀다.

이건 도전이었다. 지금 인정받지 못한다면 다시는 불꽃을 다룰 수 없을 것 같은 느낌.

무열은 날뛰는 화염을 향해 손을 뻗었다.

"흡……!!!"

양팔을 따라 두 개의 각기 다른 불꽃이 마치 뱀처럼 무열을 잡아먹을 듯 덮쳤다.

"떨어져 있어, 오르도 창."

"하지만……."

평생을 타오르는 듯한 사막지대인 남부에서 살았지만 이렇게 커다란 불꽃은 처음이다. 오르도 창이 걱정스러운 목소리로 외쳤지만 이미 팔을 타고 감아 올라온 불꽃은 무열의 머리부터 발끝까지 뒤덮었다.

순간, 온몸의 수분이 증발해 버리는 듯한 고통이 느껴졌다. 몸의 구멍이란 구멍으로 불꽃이 들어가 내장을 휘젓는 고통에도 불구하고 무열은 꽉 깨문 입술을 벌리지 않았다.

"크…… 크윽!!!"

얼마의 시간이 흘렀을까. 그의 시야에 보이는 것은 온통 일렁이는 붉은색뿐이었다. 처음에는 심장이 타들어 갈 것 같았고 그다음에는 피부가 녹을 것 같았다.

불꽃 첨탑에서 녹아내리던 시체가 떠올랐다.

자신도 감당할 수 없는 힘. 그렇게 되는 게 아닐까.

아니.

'이 정도쯤은.'

죽음보다 더 하겠는가.

무열은 그것이 환각임을 알았다. 그러자 가장 먼저 고통스러웠던 심장이 불꽃 속에서도 뜀을 멈추지 않았고 녹아내릴 것 같았던 피부가 화염 속에서도 고통을 잊기 시작했다.

극도의 정신력. 어쩌면 오르도 창과 검을 섞던 그 순간보다 더한 집중력을 소모하고 있는 것일지 모른다.

'나는 이제 시작이다.'

처음으로 누군가를 살렸으며.

처음으로 자신의 이름을 외치는 환호를 받았고.

처음으로 역사를 바꿨다.

그리고…… 처음으로 자신을 따르는 사람이 생겼다.

여기서 멈출 생각 따윈 없다.

'그러니 나에게 힘을 바쳐라.'

무열이 펼쳤던 양 손바닥을 움켜쥐었다.

'불꽃.'

파아앗---!!!!!

그때였다. 일렁이는 화염의 가장 안쪽, 마치 폭풍의 눈처럼 일렁이는 두 개의 화염이 섞여 있는 정점에 작은 빛이 있었다.

'음……?'

동화 속에 나오는 정령처럼 희뿌연 입자가 그를 살피듯 그의 전신을 훑고 지나갔다.

왠지…… 자신에게 말을 하려는 것처럼 느껴졌다.

'……뭐지?'

하지만 그 빛을 잡으려고 손을 뻗는 순간 빛은 마치 물방울이 터지듯 사라졌다. 그 빛이 사라지자 맹렬하게 날뛰던 불꽃들이 가라앉기 시작하면서 점차 형상을 갖춰 나갔다. 온몸을 감쌌던 불꽃이 응축되면서 어깨에서부터 흉부, 그리고 허리까지만 남았다.

"……!!"

그 모습을 보던 오르도 창의 눈이 커다랗게 변했다. 무열을 감싸던 불꽃이 서서히 굳어지면서 단단한 갑옷이 되었기 때문이다.

[초열(焦熱)의 명광개(明光鎧) 획득]

[초열(焦熱)의 명광개(明光鎧)]

불꽃의 힘을 이겨낸 자만이 사용할 수 있는 명광개.

가슴에 두 개의 태양 무늬가 있는 이 갑옷은 착용자에게 불의 힘을 빌려준다고 전해진다.

하지만 불의 내성이 없는 자는 이 갑옷을 착용하는 것도 불가능하거니와 그 힘을 탐하려다 오히려 재가 될 수 있다.

등급 : B급(유니크)

분류 : 방어구

내구 : 100

효과 :

체력 +150, 근력 +50, 민첩 -30

[화진검(火眞劍)을 습득하시겠습니까?]
[화염 내성력(Flame Tolerance)이 필요합니다.]
[조건 확인 완료]
[스킬을 배울 수 있습니다.]

천천히 눈을 뜬 무열이 새로운 갑옷을 신기한 듯 바라봤다.
아직 열기가 채 가시지 않은 뜨거운 갑옷. 하지만 그것보다 명광개에서 얻게 되는 새로운 스킬에 대한 놀라움이 더 컸다.
'화진검……?'
무열이 메시지창에 확인을 누르는 순간, 다홍색의 빛이 그의 오른팔을 휘감고서 그의 손가락에 있는 반지 속으로 들어갔다.

[화진검(火眞劍)을 습득하였습니다.]
[고유 효과 : 무기에 화(火)속성을 입힙니다.]
[고유 효과 : 공격력 이외에 추가적으로 속성 대미지를 입힙니다. 피해량은 시전자의 속성력에 비례하여 증가합니다.]
[속성력 발현!]
[5대 원소 속성 중 화(火) 속성력 습득]
[화염 속성력 50 Point 획득]

무열이 바닥에 꽂아뒀던 곡도를 뽑았다.

화르르륵……!!!

그 순간, 그의 곡도가 빨갛게 달아오르면서 마치 횃불처럼 뜨거운 불길이 솟구쳤다.

"허……."

말 그대로 플레임 블레이드(Flame Blade)였다.

"축하드립니다."

오르도 창이 불꽃을 삼킨 무열에게 허리를 숙여 말했다.

'방어구뿐만 아니라 스킬까지…….'

무열은 자신도 모르게 마른침을 꿀꺽 삼켰다.

속성 무기를 얻는 방법은 결코 쉽지 않다. 속성석을 얻는 것 자체도 어렵지만 속성석을 통해 인챈트를 할 경우 무구의 등급이 높으면 높을수록 실패 확률이 높았다.

무기 파괴(Weapon Break).

자칫 잘못하면 힘들게 얻은 무구를 날려먹을 수도 있게 되는 것이다. 그렇기 때문에 인챈트를 하는 것은 시간이 지날수록 꺼리게 될 수밖에 없다.

또한 처음부터 속성 무기를 얻는 것 역시 비효율적인 일이다. 대부분 던전에서 얻을 수 있는 속성 무기는 등급이 낮은 것들뿐이었기 때문이다. 개중에는 성장형 아이템들도 있었지만 뒤늦게 그걸 얻어 성장시키기엔 너무나 많은 시간이 소요되기에 비효율적이었다.

하지만 이건 다르다.

말 그대로 영구적인 인챈트. 무열은 화염 속성의 발현을 보면서 5대 속성 중 나머지 4개도 구할 수 있는 것이 아닐까 하는 생각이 들었다.

"좋아……."

무열은 고개를 끄덕였다. 경기장 밖을 향해 걸어가는 그의 뒤를 오르도 창이 뒤따랐다.

얻을 수 있는 것은 모두 얻는다.

이제 남은 것은…….

'낮의 경기장에서 얻을 타이틀.'

검의 구도자(Seeker of the Sword).

무열은 그 타이틀 속에 분명 또 다른 비밀이 숨어 있을 것이라는 걸 확신했다.

"이거야 원……."

조태웅은 자신의 앞에 일렁이는 불꽃을 바라보며 어처구니가 없다는 표정이었다. 대진표를 보고 다 죽어가는 부상자가 상대가 되어 손쉽게 이길 수 있을 것이라고 생각했다. 그러나 아니었다.

오히려 날카로운 맹수를 마주하는 느낌.

잘못하면…… 잡아먹히는 것은 자신이다.

두 자루의 화염검을 천천히 들어 올리는 무열을 향해 조태웅이 물었다.

"너…… 도대체 무슨 일이 있었던 거지?"

"글쎄, 당신 말대로……."

무열은 옅은 미소를 지었다. 그러고는 조태웅이 조금 전 했던 말을 그대로 그에게 다시 해주었다.

"이 경기장엔 비밀이 숨겨져 있거든."

"……뭐?"

조태웅은 무열의 말에 얼굴을 씰룩거렸다.

"아무것도."

조금 전 그런 말을 해놓고서도 되묻는 조태웅을 향해 살짝 웃는 그 모습이 기분 나빴다.

비아냥거림?

아니다.

그렇다면 한 가지.

"너 설마……."

뭔가 말을 하려는 그의 말꼬리를 무열이 먼저 끊었다.

"뭐가 그렇게 궁금하지? 싸움은 입으로 하는 게 아닐 텐데."

"하? 뭐라고? 나…… 이것 참."

피식 웃으면서 대답하는 무열의 말에 조태웅은 어이가 없다는 듯 코웃음을 쳤다.

"그렇지. 역시 내가 보기는 잘 본 모양이야. 비밀을 찾은 게

나만이 아니었군? 어쩐지……. 어제 그 몰골을 보니 이해가 가는군. 하지만 거기까지겠어."

부우우웅---!!!

커다란 철퇴를 한 바퀴 휘익 돌렸다.

"오늘 나한테 끝나면 도전은커녕 목숨도 부지하지 못할 테니까!!!"

파직-!!!

지면을 박차는 발에 힘을 주자 경기장 바닥이 무게를 감당하지 못하고 움푹 파이면서 육중한 그의 몸이 번개처럼 튀어 나갔다.

조태웅의 실력이야 두말할 필요가 없다. 그의 강맹한 힘은 이미 검병부대에 들어왔을 때 직접 두 눈으로 봤었으니까.

지금 시점에서도 그는 강자다. 하지만.

콰아아아앙!!!!!

"……!!"

제아무리 시대를 풍미했던 강자라 할지라도 넘을 수 없는 벽이란 것은 분명 존재한다.

이강호가 그랬던 것처럼. 휀 레이놀즈와 안톤 일리야, 그리고 염신위를 끝내 못 넘었던 것처럼.

강자 위에 강자는 존재하는 법이다.

그리고 지금…… 평생 뛰어넘지 못했던 자신의 벽을 이긴 사람이 바로 눈앞에 있다는 것을 조태웅은 알지 못할 것이다.

거대한 철퇴가 바닥을 찍었다.

콰앙!!

쾅! 쾅! 쾅!!!!

그 한 번으로 끝나지 않고 연속해서 철퇴를 이리저리 후려치는 조태웅의 모습으로 그의 완력이 얼마나 대단한지 알 수 있었다.

한 방, 한 방이 위력적이다. 하지만 그 묵직한 공격에도 불구하고 무열은 가볍게 보폭을 줄이며 공격을 피했다.

"이익……!!"

자신의 공격이 닿지 않자 조태웅의 얼굴이 일그러지기 시작했다.

쿠웅-!!!

힘에 부친 듯 철퇴의 속도가 느려진 순간, 무열이 바닥에 내리꽂힌 철퇴 위로 가볍게 뛰어올랐다.

팟-!!!

타다다닷---!!!!

기다란 철퇴의 막대를 타고 무열이 달리기 시작했다.

"……!!!"

이런 적은 처음이라 조태웅은 미처 반응하지 못했다.

퍼억……!!!

무열의 발이 그의 얼굴을 사정없이 걷어찼다. 고개가 오른쪽으로 휙 꺾였다.

"컥-!!"

단말마의 비명이 자신도 모르게 튀어나오면서 조태웅이 휘청거렸다.

하지만 거기서 끝이 아니다. 시선이 제자리로 돌아오기도 전에 무열이 두 자루의 검 손잡이 끝으로 그의 어깨를 찍어 눌렀다.

우드득……!!!

뼈가 뒤틀리는 소리와 함께 조태웅의 무릎이 경기장 바닥에 박혔다.

"크윽!!"

신음과 함께 그는 잡고 있던 철퇴를 있는 힘껏 휘둘렀다.

파앗-!!!

뒤로 뛰어올라 공중제비를 하 듯 한 바퀴 돌며 무열이 조태웅의 공격을 피했다.

"하아…… 하아……."

공격은 실패했지만 거리를 벌리는 것엔 성공했다. 태세를 가다듬기 위해 조태웅이 경계를 하며 자리에서 일어섰다.

그때였다.

휘청.

조금 전 박힌 오른쪽 무릎이 중심을 잡지 못하고 크게 흔들렸다. 심상치 않던 뒤틀린 소리가 바로 이것이었던 것 같다. 하지만 조태웅은 이를 악물고 철퇴를 목발처럼 바닥에 찍어 끝내 넘어지지 않았다.

"하…… 하. 제법인데?"

아무렇지 않은 듯 호기롭게 말했지만 조태웅은 당황하지 않을 수 없었다.

지금까지 이런 상대를 만나본 적이 없다. 마치 영화에서나 나올 법한 연계기를 아무렇지 않게 쓰며 자신의 공격은 모조리 피하고 있었다.

'도대체…… 이런 녀석이 왜 그런 상처를 입었던 것이지?'

그로서는 알 수가 없었다. 아니, 솔직히 말해서 불현듯 떠오르는 생각이 있긴 했다.

설마…….

'아니겠지.'

조태웅이 무열을 바라봤다. 자신조차 한 명, 한 명 도전하는 것도 버거운 밤의 경기장. 하지만 만에 하나 그가 모든 투사를 상대로 1 대 7의 전투에서 살아남았다면…….

'그 상처는 이해할 수 있다. 하지만…….'

믿을 수 없다. 어느 정신 나간 녀석이 목숨을 내놓아야 하는 도전을 하겠는가. 자신도 그것만큼은 포기했는데.

"고민이 많은 얼굴이군."

"크…… 크큭, 닥쳐."

조태웅은 입가에 흐르는 피를 손등으로 닦으면서 말했다.

"아직 끝나지 않았다!!!"

그가 부서진 경기장 바닥의 돌을 집어 들어 공중으로 던졌다. 그러고는 야구 배트를 휘두르는 것처럼 있는 힘껏 철퇴로 돌을 쳤다.

파아악--!!!!

파편들이 사방으로 깨지면서 무열을 향해 쏟아졌다. 한 번으로 그치지 않고 연속해서 날아오는 돌을 보며 무열이 자세를 잡았다.

서걱-!!

창……!! 차아앙……!!!

롱소드인 뇌격으로 날아오는 파편을 갈라 버리고 한 바퀴 회전하면서 숏소드인 뇌전으로 바위를 튕겨냈다.

"으아아아아!!!"

있는 힘껏 파편을 날려대는 조태웅이었지만 시간이 갈수록 그의 표정이 일그러지기 시작했다. 한 걸음, 한 걸음. 무열이 자신을 향해 걸어오고 있었기 때문이다. 파편을 쳐 내는 속도가 던지는 속도를 압도하고 있었다.

퍼억……!!

"큭?!"

오히려 쳐 낸 파편이 조태웅의 허벅지를 때렸다. 조금 전 다친 오른 무릎을 정확히 가격했다. 다리가 휘청인 탓에 그가 잠시 공격을 멈췄다. 그리고 무열은 그 틈을 놓치지 않았다. 그가 전력으로 질주하여 조태웅과의 거리를 좁혔다.

“……!!!”

자세를 잡고 일어서려는 순간, 어느새 그의 목에 날카로운 롱소드가 닿아 있었다.

“확실히 당신은 강해, 조태웅.”

“……이 자식이.”

자신을 이긴 상대가 자신에게 강하다고 얘기하고 있다. 마치 어른이 아이를 대하듯 말하는 것 같아 자존심이 강한 조태웅으로서는 곱게 들릴 리가 없었다.

무열은 고개를 저으며 말했다.

“하지만 지금은 날 절대 이기지 못한다.”

“자신만만하군.”

“아직까지 눈치채지 못한 것 같은데.”

“……뭐?”

“내가 지금까지 스킬을 사용하지 않았다는 것을.”

그 순간.

“……!!”

조태웅은 처음 자신에게 보여줬던 화염이 어느 순간 두 검에서 모두 사라져 있음을 깨달았다.

아니, 처음부터 무열은 사용하지 않았다. 그런데 왜 보여줬을까.

“……이 자식!!!”

이유는 간단하다. 그런 힘이 있지만 사용하지 않아도 자신을 이길 수 있다는 자신감.

조태웅의 얼굴이 구겨졌다. 자신의 목을 겨눈 뇌격에서 뜨거운 화염이 솟구쳤다. 불에 덴 듯한 열기에 조태웅이 무열을 노려봤다.

"이딴 불장난 따위……!!"

포기를 모르는 그의 용기만큼은 높이 살 만하다.

하지만…… 조태웅이 바닥에 있는 자신의 철퇴를 들어 공격하려는 순간, 그의 눈앞에 뜨거운 불꽃이 사정없이 솟구쳤다. 마치 살아 있는 뱀처럼 두 개의 불기둥이 용솟음치며 그를 덮쳤다.

비연검(飛軟劍).

그 순간, 조태웅의 시야가 바닥에서 하늘로 다시 하늘에서 바닥으로, 마치 롤러코스터를 타는 듯 흔들렸다.

퍼억……!!

퍼버버벅……!!!

"컥!!"

눈으로 좇을 수 없는 공격.

육중한 그의 몸이 허공에 떠 있다는 것조차 인지하지 못했고.

쿠우우웅……!!!

둔탁한 소리와 함께 그의 몸이 바닥으로 떨어진 순간 그의 의식도 사라졌다.

"크으…… 으……."

얼마나 쓰러져 있었던 걸까. 조태웅은 온몸을 두들겨 맞은 것 같은 고통에 힘이 들어가지 않았다.

자신이 어떻게 맞은 것인지 기억도 나지 않는다.

단지…… 기억나는 것은…… 검에 베인 상처가 없다.

조태웅은 조금 전 공격에서 무열이 검면만을 사용했다는 것을 알 수 있었다.

핑계조차 댈 수 없는 완벽한 패배.

"내가 졌다."

자신의 앞에 아무렇지 않게 서 있는 강무열을 바라보며 조태웅은 입술을 깨물며 말했다.

이 세계로 넘어와 겪는 첫 패배. 인정하고 싶지 않지만 인정할 수밖에 없다.

"하지만 내가……!!"

"원한다면 언제든 싸워주지."

"크윽……!!"

자존심에 자신도 모르게 '밤의 경기장을 끝내고 나면'이라는 말을 하려다 오히려 선수를 친 무열의 말에 아차 싶었다.

"난 3개월 뒤, 북부의 카스테욘숲을 지나 트라멜이란 곳으로 갈 것이다."

"……뭐?"

무열은 쓰러진 조태웅을 향해 말했다.

"다시 도전하고 싶다면 그곳으로 와라."

그의 입꼬리가 살짝 올라갔다.

"대신."

기대하는 것 같은 표정.

"트라멜로 향하는 도중에 지날 카스테욘숲에 산채 하나가 있을 것이다. 그곳 두목의 목을 가져와라. 이름은 이정진. 그럼 원 없이 붙어주지."

"뭐……? 나 참, 지금 누가 누구한테 명령질…… 우아악! 알겠어, 알겠으니까 이것 좀……!!"

무릎이 완전히 박살이 난 조태웅은 무열이 발에 힘을 주자 제대로 말을 끝내지도 못하고 비명을 질러댔다.

"명령이라니. 일종의 도전장 같은 거지."

무열은 피식 웃었다. 몇 합을 섞고 나자 그의 성격과 실력을 어느 정도 알 수 있었기 때문이다.

어쩌면…… 이건 그에게 주는 시험일지도 모른다.

'이강호의 시체를 두고 왔다. 그게 전부터 마음에 걸렸지만 확인해 보지 못했다. 강찬석과 헤어지고 6개월 뒤에 있을 트라멜의 '그 사건'을 대비하려면…… 한시가 급하니까.'

하지만 등 뒤에 적을 놔두는 것 역시 옳지 못하다.

"눈 하나 깜빡하지 않고 살인 청부를 하다니. 너…… 정말

뭐 하던 녀석이냐."

"눈앞에서 몇십 명을 죽인 당신도 있는데, 뭘."

"크…… 크크……."

조태웅은 그 말에 옅은 웃음을 지었다.

"트라멜이라……. 좋아, 이번엔 내가 졌다. 하지만 다음은 없어. 목 깨끗이 씻고 기다려라. 내가 갈 테니."

"언제든지."

으름장을 놓는 자신을 보고도 아무렇지 않다. 나이도 체구도 모두 자신보다 어리고 작아 보이는데. 도대체 어떤 수라를 겪었기에 이렇게 노련한 것일까. 조태웅의 마음속에 처음으로 그에 대한 흥미가 생기기 시작했다.

—스…… 승자는!! 강무열!!!

경기장을 걸어 내려오는 무열을 보며 경기장을 울릴 만큼 커다란 소리로 아콘이 외쳤다.

박수는 없었다. 오히려 놀라움으로 인한 적막뿐. 자신보다 훨씬 커다란 덩치의 남자를 아무렇지 않게 다루는 무열의 모습에 그곳에 있는 사람들은 어안이 벙벙할 뿐이었다.

"뭐야…… 저 아저씨."

그중에서도 특히 경기장 객석에서 무열을 보기 위해 기다린 엘리젤 일족의 리앙제는 자신이 알고 있는 그의 모습과 너무나도 달라 적응이 되지 않았다.

어젯밤부터 묘했다. 죽은 줄 알았던 가주가 돌아온 것도 모자라, 그가 이제부터 강무열을 모시기로 했다는 소식은 리앙제에게 있어서 충격이 아닐 수 없었다.

의뢰의 목적은 승리.

하지만 오르도 창은 자신을 위해 제작된 두 자루의 검을 아무렇지 않게 무열에게 내주었다.

"네?! 가주님, 진심이십니까?"

"이건 부족장께서 가주님을 위해 몇 달에 걸쳐 만든 것입니다."

"어떻게……."

놀람과 경악에 엘리젤 일족의 부족원들은 할 말을 잃고 말았다.

그뿐만이 아니었다. 뇌격과 뇌전이 무열의 손에 들려 있게 된다면 엘리젤 일족이 그와 관련되었다는 것을 알리게 되는 일이기에 모두가 말렸다. 그러나 오르도 창의 결정은 누구도 꺾을 수 없었다. 마치, 경기장에서 무열의 승리를 확신하는 것 같았다.

'도대체 뭐가 뭔지 모르겠어.'

그렇기 때문에 두 눈으로 직접 보기 위해 리앙제는 경기장을 찾았던 것이다.

"무슨 마법을 부려서……."

그 순간, 리앙제는 검무덤에서 했던 무열의 중얼거림을 떠올렸다. 자신은 도무지 이해할 수 없는 사건의 단편들을 가지고 단번에 그는 알아차렸다. 마치 그 이전과 이후의 내용들을 알고 있는 것처럼 말이다.

"……!!"

그때였다. 리앙제는 걸어 내려오는 무열과 눈이 마주치자 황급히 몸을 숙였다.

"이봐, 꼬마. 잘 보고 있나."

"……."

"훗, 그래. 거기서 끝까지 보고 있어라. 경기의 결말까지 말이야."

어쩐 일인지 경기장 벽면에 얼굴을 묻고 아무런 대답을 하지 않는 리앙제를 보며 무열이 피식 웃곤 그 한마디를 남긴 채 걸어갔다.

한 걸음, 두 걸음, 세 걸음.

그러나 그 순간, 그의 발걸음을 멈추게 만드는 목소리가 있었다.

-승자는……!!

아콘의 외침에 무열이 황급히 고개를 돌렸다. 다음 경기는 시작도 하지 않았다. 그런데 결말이 나버렸다.

"……."

가볍게 손을 올린 복면을 쓴 도전자가 천천히 경기장으로 내려오고 있었다. 승부는 어처구니없게도 기권승이었다.

말 그대로 무혈입성(無血入城).

마치 짜고 치는 것처럼 아무렇지 않게 경기장을 걸어 나오며 자신을 스쳐 지나가는 그의 어깨를 무열이 강하게 잡아당겼다.

"이봐."

누군가의 목숨을 밟고 올라온 자리다. 그렇기 때문에 자신 역시 조태웅과 싸웠다. 하지만 지금 눈앞에 있는 녀석은 그런 목숨 걸면서까지 투사들이 올라오기를 꿈꿨던 자리를 아무렇지 않게 던져 버린 것이다.

무열은 마치 으르렁거리듯 그를 향해 말했다.

"이게 뭐 하는 짓거리지."

18장
히든 이터(Hidden Eater)

"이거 놓지?"

복면으로 얼굴을 가린 도전자가 자신의 어깨 위 무열이 붙잡은 손을 가볍게 뿌리쳤다.

'……남자 목소리?'

처음 듣는 그의 목소리는 자신의 예상과 달리 굵직해서 무열은 살짝 놀랐다. 얼굴을 완전히 가려 그의 표정을 읽을 수가 없다. 복면의 도전자는 자신의 패배에 대해서 아무렇지 않은 듯 뒤도 돌아보지 않고 경기장 밖을 나섰다.

―에…… 이로써……!! 경기는 이제 마지막 결승만을 남겨두고 있습니다. 검의 구도자에 도전하게 될 두 도전자!! 강무열, 그리고 무명(無名)!!

아콘은 자신의 앞에 서 있는 또 다른 복면의 도전자와 무열을 번갈아 가며 가리켰다.

—내일 이 시간, 5대 부족의 영광을 얻을 단 한 사람의 우승자가 결정될 것입니다.

"……."

무열이 경기장 위에 서 있는 그를 바라봤다. 이름조차 알리지 않았다. 지금 패배 선언을 한 사람이 남자라면…….

'여기까지 와서 포기를? 보통 사람이라면 절대로 이렇게 하지 않을 텐데……. 그렇다면 저기 위에 있는 사람이 역시 카토 유우나라는 건가.'

하지만 그것조차 알 수 없다. 지금껏 알려졌던 그녀의 행보에서 그녀에게 조력자가 있었다는 이야기는 들어본 적이 없었으니까.

'어쩌면 극비(極秘)였을지도 모른다. 그 당시의 나는 고작해야 검병부대의 병사 중 하나일 뿐이었으니까.'

그와 동시에 무열은 또 다른 가설을 생각했다.

'아니면…… 완전히 다른 사람?'

첫 퀘스트의 대상자가 카토 유우나였다. 하지만 그렇다고 해서 그녀가 경기장에 꼭 출전하리라는 보장은 없다. 게다가 부이족에선 다른 대표가 나오지 않았던가.

'나와 마찬가지로 부족과 연관이 있다는 것을 숨긴 거였다면 완전히 가능성이 없는 건 아냐.'

그렇다면 저 위에 있는 자는 누구인가. 무슨 의도로 이 경기에 출전하게 된 것일까. 만약 저 위에 있는 사람이 카토 유우나가 아니라면 어떻게 오르도 창과 관련될 수 있었을까.

"카토 유우나? 네, 확실히 여자 목소리였습니다. 단지…… 얼굴을 가리고 있었지만. 검무덤을 찾아왔었습니다. 원칙대로라면 아무도 들여보내지 말았어야 하는데……. 그곳에 들어왔던 것도 놀라운 일이지만 저에게 그런 제안을 한 것도…… 대단한 일이라고 생각합니다."

밤의 경기장에서 오르도 창은 카토 유우나와의 만남을 이야기했었다.

하지만 오르도 창의 말과 달리 남자 목소리가 들리자 무열은 당황하지 않을 수 없었다.

'아직 틀린 건 아냐.'

한 명이 남았으니까.

하지만 그래도 모든 것이 의문투성이다.

"후우……."

혼자서 머리를 굴려봐야 아무런 소용이 없었다. 진실은 결국 마주해야 알 수 있는 것.

'밝혀내겠다.'

만약, 결승전에서 만날 상대가 정말 카토 유우나라면……
그녀와의 결전은 그녀가 어떻게 그토록 수많은 히든 피스(Hidden Piece)를 찾아낼 수 있었는가를 알 수 있는 기회가 될지 모른다.

그녀와 오르도 창의 만남처럼.

'내일.'

무열은 어느새 경기장에서 사라진 복면의 도전자를 찾기 위해 두리번거렸다.

'너와 만나겠지만…….'

그의 눈빛이 반짝 빛났다.

'그때까지 마냥 기다릴 수 없다.'

경기장에 참가하는 도전자들의 막사엔 만일의 사태를 대비하여 부족들의 전사가 보초를 서고 있다.

'진실을 알기 위해서 꼭 도전자를 타깃으로 잡을 필요는 없지.'

무열은 조금 전 패배를 선언한 복면의 도전자가 빠져나간 경기장의 출입문을 바라보며 생각했다.

늦은 새벽.

마지막 결승을 기다리는 이날은 하늘에 별 하나 보이지 않을 정도로 먹구름이 잔뜩 끼어 있었다.

칠흑 같은 어둠.

"늦었군."

그 사이로 들려오는 목소리.

내일 있을 검투를 대비해서 쉬어야 할 무열이 자신의 앞을 가로막자 어둠 사이로 걸어가던 발걸음이 멈춰 섰다.

경기장의 입구.

"……."

복면을 쓰고 있는 사람은 자신의 목에 검이 들어왔음에도 침착했다.

"내가 기다릴 걸 알면서도 온 거군."

"……."

"어째서지? 너도 밤의 경기장에 도전하는 도전자인가."

그러지 않고서야 이곳을 찾을 리가 없었다.

"강무열."

순간, 자신의 이름이 들리자 무열의 눈썹이 꿈틀거렸다. 복면 뒤로 들려오는 목소리는 여전히 쇠를 긁는 듯한 저음의 남자였다.

"경기장의 서판에 엄청난 기록을 세웠더군."

"……."

"거기서 무엇을 얻었지?"

그의 질문은 궁금해서 묻는 것이 아니었다. 밤의 경기장에서 얻은 직업을 묻는 것도 아니었다.

그가 말하는 것은…… 바로 서판의 기록.

'상위권에 들게 되면 특전을 얻게 된다.'

랭크 업 던전에 있는 여섯 개의 비석 중 세 개의 비석에 자신의 이름을 새겨 넣은 히든 이터(Hidden Eater) 카토 유우나가 밝혀낸 비석의 비밀.

'그걸 알고 있다?'

"역시……. 너, 카토 유우나와 무슨 관계냐."

그 이름을 말하고 난 직후 무열은 자신도 모르게 움찔했다. 순간이지만 복면이 흔들리는 걸 느꼈다. 마치…… 그 안의 얼굴이 웃고 있는 것처럼.

"훗."

무열이 그녀의 이름을 말하는 순간 복면의 남자는 가벼운 웃음을 터뜨렸다.

"밤의 경기장에 도전하기 위해서 온 게 아니다. 이 말을 전해주기 위해 왔다."

"……뭐?"

"경기장에서 승리하길 바란다."

스스로 기권을 했음에도 불구하고 그는 또 다른 복면, 아니, 카토 유우나가 아닌 자신에게 승리의 응원을 남겼다.

장난? 놀림?

지금 상황에선 무엇이든 상관없었다.

타앗---!!!

그때였다. 그는 자신의 목에 겨눠져 있던 무열의 검을 손바닥으로 튕기면서 뒤로 물러섰다. 예상치 못한 묵직한 공격에 무열이 비틀거렸다.

"멈춰……!!"

튕겨 나가는 검을 바로 잡으며 무열이 외쳤다.

화아아악……!!!

듀얼 소드에서 화염이 뿜어져 나왔다. 복면을 쓴 남자의 어깨와 다리를 향해 쇄도하는 검격(劍擊).

파아앗……!!!

뇌전과 뇌격, 두 자루의 검에서 동시에 펼쳐지는 비연검(飛軟劍).

오르도 창이라 할지라도 막지 못할 것이다. 하지만 그 순간, 그의 검이 허공을 가르면서 불길의 잔상만이 공중에 흩뿌려졌다.

"……!!!"

목표를 잃은 검.

무열이 황급히 고개를 들었다.

'어떻게……?'

순식간에 거리를 벌리며 무열의 공격을 피한 남자는 무열을 잠시 바라보더니 어둠 속으로 사라졌다.

'내 비연검을 피했다.'

지금까지 그런 사람은 없었다.

아니, 애초에 가능한 일인가?

룰 브레이커(Rule Break)의 힘으로 듀얼 클래스를 획득한 그였다. 동급의 랭커가 아니라 그 이상이라 할지라도 자신의 검을 이렇게 완벽하게 피할 순 없을 것이다.

그런데…… 그는 해냈다. 너무나도 쉽게.

"후우……."

무열은 지친 듯 숨을 토해냈다. 불타오르는 화진검의 불길만이 별빛 하나 없는 어둠 속에서 빛나고 있을 뿐이었다.

기척조차 느껴지지 않는 그를 더 이상 찾을 방도는 없었다.

"방법은 결국 그녀뿐인가……."

말 그대로 감쪽같이 사라졌다.

"……!!"

무열이 자신의 막사로 가려는 순간, 충격을 먹은 듯 다시 한 번 사라진 그가 있던 자리를 돌아봤다.

"잠깐……."

등골이 오싹해지는 기분이었다.

꿀꺽.

무열은 한 가지 생각이 드는 순간 자신도 모르게 마른침을 삼켰다.

'카토 유우나는 3개의 비석에 이름을 올렸을 때 비석의 비밀을 밝혔다.'

하지만 시간상으로 계산해 봤을 때 그녀는 아직 첨탑에도 도착하지 못했다.

왜?

이곳에 있으니까.

'아직 랭크 업 던전을 가지도 않은 그녀가 비석의 비밀에 대해서 알 수 있을까?'

아니, 불가능(不可能).

'그럼 어떻게…….'

현시점에서 카토 유우나조차 모르는 서판의 비밀을 그가 알고 있다?

"……."

무열은 혼란스러웠다. 진실을 밝히기 위해 기다렸지만 오히려 더 의문만을 남기고 말았다.

그가 떨리는 눈으로 고개를 돌렸을 땐 어느덧 잔뜩 낀 구름 탓에 어둠으로 가득했던 하늘 사이로 빛이 새어들고 있었다.

어느덧, 경기장의 아침이 밝아왔다.

-마지막 결승전이 시작될 예정입니다! 5대 부족을 비롯하여 산하의 많은 부족까지 모두 모여 이 위대한 검투의 결과를 기다리고 있습니다!! 지금!! 두 선수가 입장하고 있습니다!!

와아아아아아---!!!!!

경기장은 환호성으로 가득했다. 준결승과 달리 5대 부족인 창 일가를 비롯해 많은 토착인이 경기를 보기 위해 관객석을 가득 채웠다.

더 이상 무열이 창 일가와 관련되어 있다는 것을 숨길 필요도 없었거니와 오르도 창의 생환이 5대 부족에 모두 알려졌기 때문이었다.

"……."

경기장에 들어선 무열은 계속해서 자신의 앞에 서 있는 복면의 도전자에게서 눈을 떼지 않았다. 어딘지 모르게 긴장한 듯한 모습. 새벽에 만났던 그자와는 사뭇 다른 느낌이었다.

스르릉…….

검을 뽑는 날카로운 쇳소리가 서로에게서 들렸다.

무열은 복면을 쓴 자의 검을 바라봤다. 평범한 롱소드. 이렇다 할 무늬도 없고 그렇다고 재질이 특이해 보이지도 않았다.

-시작---!!!

아콘의 외침과 동시에 무열이 움직였다.

핑그르르르……!!

무열이 뇌격과 뇌전 두 자루의 검을 손바닥 위에서 가볍게 돌리면서 지면을 박차고 뛰어올랐다.

공중에서 회전하면서 그가 있는 힘껏 검을 내려쳤다.

강검술(强劍術) 2식.

"하압!!"

무열의 기합 소리와 함께 검에서 화염이 일었다.

그리고 이어지는 화진검(火眞劍).

불길이 커다란 호를 그리면서 떨어지자 바닥에 있던 상대는 당황한 기색이 역력해 보였다.

콰아아앙!!!!

육중한 굉음이 터져 나왔다. 그와 동시에 상대가 비틀거렸다. 무열은 기세를 늦추지 않고 더욱더 몰아쳤다. 강검술에서 비연검으로 이어지는 검술은 두 자루에서 뿜어져 나오는 화염 때문에 마치 불의 화신이 현신(現身)한 것 같은 느낌이었다.

와아아아아아---!!!!

그 모습에 부족들은 열광한 듯 소리쳤다.

하지만 정작 공격을 퍼붓는 무열의 표정은 달랐다.

'……뭐지?'

차앙-!!!

무열의 검을 간신히 막고는 있지만 검이 부딪힐 때마다 상대의 몸이 크게 좌우로 휘청거렸다.

"어?"

자신도 모르게 너무나도 황당한 나머지 무열은 작은 탄성을 지르고 말았다.

약했다. 그것도 너무나도.

챙그랑-!!

무열이 검을 쳐올리자 그 힘을 이기지 못하고 그의 롱소드가 빙그르르 돌며 위로 떠올랐다가 바닥에 떨어져 박혔다.

당황스러운 듯 자신을 바라보며 뒷걸음질 치려는 상대를 향해 무열이 주먹을 날렸다.

"꺄악……!!"

생각지도 못한 날카로운 비명과 함께 그의 몸이 꺾이면서 뒤로 쓰러졌다. 무열의 일격으로 인한 충격이 큰지 바닥에서 일어나지 못한 채 몸을 부르르 떨었다.

"……."

그의 머리를 잡았다. 아무런 반항도 하지 못한 채 그의 몸이 너무나도 가볍게 들어 올려졌다.

화악---!!!!!

무열이 있는 힘껏 복면을 잡아당겼다. 다음 순간, 무열의 두 눈이 커졌다.

"……!!!"

눈앞에 보이는 건 앳된 소녀. 잔뜩 겁을 먹은 듯한 표정으로 그녀는 심지어 눈가에 눈물마저 맺혀 있었다.

"너…… 뭐야."

그의 얼굴이 일그러졌다. 그가 거칠게 그녀의 멱살을 잡아당겼다. 두 사람의 얼굴이 서로에게 닿을 정도로 가까웠다.

"뭐냐고!!!"

잡아먹을 듯 소리치는 무열의 외침에 그녀는 그를 쳐다볼 용기조차 없는지 자신도 모르게 눈을 질끈 감고 소리쳤다.

"카…… 카토 유우나……."

"뭐?"

그녀는 황급히 자신의 멱살을 잡은 무열의 손을 뿌리치며 기다시피 물러섰다.

"카토 유우나라고요……. 이름…… 물어보신 거 아니에요?"

기어들어 가는 그녀의 목소리에 무열은 입을 다물지 못했다.

이 어린 소녀가 정말…… 세븐 쓰론에서 가장 많은 히든 피스를 획득했던 존재란 말인가?

지금 이 모습만 봐서는 당장에 죽어도 이상하지 않을 만큼 연약한 소녀에 불과했다.

"……."

너무나도 큰 괴리감에 무열은 자신도 모르게 소리치고 말았던 것이다.

"어떻게……."

무열은 마음을 진정하기 위해 숨을 토해냈다. 그러고는 검을 거두며 물었다.

"너와 함께 있었던 남자, 그 녀석은 뭐지?"

무열의 물음에 카토 유우나는 고개를 저었다.

"어째서 같이 행동한 건지 말해."

하지만 이번에도 그녀는 고개를 좌우로 저을 뿐이었다.

"아무것도 모른다는 거야? 그게 말이 돼?"

짜증 섞인 목소리로 무열이 소리쳤다.

차아앙……!!!

무열이 검을 들어 그녀를 겨누었다.

"아는 걸 모두 말해. 그렇지 않으면 죽여 버릴 테니까. 너도 알 테지. 경기장에선 살인도 명예가 된다는 걸."

그때였다. 파르르 떨리는 입술로 겨우겨우 그녀는 조심스럽게 말했다.

"히…… 히든 이터(Hidden Eater)."

"……뭐?"

"그 사람이요."

그 이명을 듣는 순간, 무열은 심장이 내려앉는 기분이었다.

"자신을 그렇게 부르라고 했어요."

"……뭐?"

지금까지 당연하게 생각하고 있었던 사실이 무너지는 순간이었기 때문이었다.

'카토 유우나 이전에…….'

그는 떨리는 눈동자로 바닥에 주저앉아 있는 그녀를 바라봤다.

'히든 이터(Hidden Eater)가 존재했었다고……?'

무열은 카토 유우나의 대답에 혼란스러워하며 그 이름을

다시 한번 불렀다.

검은색의 짧은 단발머리인 그녀가 고개를 끄덕일 때마다 머리카락이 찰랑거렸다.

"너와 좀 더 얘기할 필요가 있을 것 같군."

그녀를 바라보며 무열은 생각했다.

'내가 알고 있는 사건 이외에도 분명 많은 일이 있을 것이다. 내가 기억하고 있는 것들이 전부는 아니겠지.'

인간군 4강의 권세들이 정해지고 각자의 거점이 만들어지기까지 흐른 시간 동안 무열의 세계는 좁디좁았다. 그가 이강호의 권세에 합류하고 훈련소에서 훈련을 받기 전까지 이 대륙의 흐름에 대해서 아는 것이라곤 정말 단편적인 것들뿐.

'히든 이터라는 이명은 곧 카토 유우나를 지칭하는 말이라고 생각했었다.'

그런데 또 다른 사람이 있다. 카토 유우나가 히든 이터(Hidden Eater)로서 세간에 등장하기 전부터.

'누구지……?'

무열은 그녀에게서 시선을 떼며 아콘을 바라보았다. 승부의 결과는 지금 두 사람의 상황만 봐도 충분히 알 수 있다.

그와 눈이 마주친 아콘은 황급히 손을 들어 올리면서 소리쳤다.

―승자, 강무열!! 그가 검의 구도자에 올랐습니다!!

와아아아아아---!!!!

와아아---!!!!

일방적으로 몰아붙였던 무열의 검무에 관객들도 잠시 말을 잃었었지만 아콘의 외침과 함께 객석에서 환호성이 터져 나왔다.

경기장의 새로운 주인이 탄생하는 순간이다. 5대 부족의 모든 가주가 자리에서 일어나 무열의 승리에 박수를 보냈다.

무열은 그들을 한 번 훑어보고는 천천히 경기장을 걸어 내려왔다.

검의 구도자(Seeker of the Sword).

하지만 그 자리에 올랐음에도 불구하고 그 어떤 메시지창이나 알림이 뜨지 않았다. 즉, 규율 속에 있는 위업이나 업적이 아니라는 것.

무열은 그 순간 생각했다.

분명, 지금부터가 진짜 시작이라고.

"축하드립니다."

경기가 끝나고 난 뒤, 창 일가의 모든 식솔이 무열을 기다리고 있었다. 커다란 천막엔 많은 사람이 모여 있었다. 하지만 무열은 그들의 축하에 가볍게 고개를 끄덕일 뿐 승리에 대한 기쁨은 보이지 않았다.

“감사합니다, 여러분. 하지만 축하는 이따 저녁에 다 함께 나누도록 하죠. 오르도.”

“네, 말씀하십시오.”

“사람들을 좀 물러주겠어? 저 아이랑 할 얘기가 좀 있는데.”

무열의 시선이 멈춘 곳. 그의 말을 듣자마자 움찔거리며 어깨를 들썩이는 사람은 다름 아닌 카토 유우나였다.

“알겠습니다. 그럼 축하연은 저희가 알아서 준비하도록 하겠습니다.”

“그래, 그렇게 해줘.”

오르도 창이 먼저 고개를 숙이며 답하자 그 뒤에 있는 수십 명의 사람이 함께 허리를 숙였다.

“이제야 둘만 남았군.”

“…….”

“그렇게 경계할 필요 없어. 단지 너에게 묻고 싶은 것이 몇 개 있어서 그런 것뿐이니까.”

무열은 막사 안에서 끓고 있는 차를 따라 그녀에게 건넸다. 조금 전까지만 하더라도 목숨을 걸고 싸웠던 상대와의 대화는 확실히 흔한 일은 아닐 것이다.

"이봐, 너. 이 경기장이 어떤 곳인지는 알고서 참가한 거야? 만약 내가 아니라 조태웅을 만났더라면 녀석의 철퇴에 머리가 박살 났을지도 모른다고."

그 말에 카토 유우나는 잠시 그 모습을 상상이라도 한 건지 이젠 어깨뿐만 아니라 찻잔을 든 손까지 파르르 떨었다.

"후우……."

그 모습에 무열은 작은 한숨을 내쉬었다.

기껏해야 17살? 18살? 정도로밖에 안 보이는 소녀는 검보다 펜이 더 어울릴 것 같아 보였다.

"널 해코지할 생각이었으면 진즉에 그랬겠지. 물어볼 것들만 물어보고 보내줄 테니 그렇게 무서워할 필요 없어."

경기장 승리자에게 주어지는 생사여탈권.

그녀는 그제야 무열을 바라봤다.

"너와 히든 이터…… 그러니까 그 남자와 무슨 관계인지, 그리고 그에 대해서 더 알고 있는 것들이 있으면 사소한 것도 상관없으니 알려주길 바라."

"……그분을 만난 건 얼마 안 됐어요. 샌드웜에게 죽을 뻔했던 절 구해줬거든요. 대신 자신의 일을 도와달라고 했어요."

"그게 뭐지?"

"좀 전의 그……."

카토 유우나가 막사의 출입문을 향해 턱을 들었다.

"오르도 창?"

“네, 맞아요. 그가 있는 검무덤에서 새로운 퀘스트를 얻었다고 했어요. 하지만 자신은 할 수 없는 일이라…… 대신 도와달라고 했어요.”

“하아……. 그게 말이 돼? 무슨 일인지도 모르고 덥석 남의 일을 돕다니. 이 세계가 그렇게 호락호락한 것 같아?”

“죄, 죄송해요.”

무열은 당장에라도 울음을 터뜨릴 것 같은 그녀의 표정에 짜증 섞인 목소리로 말했다.

“그 녀석과 다시 만날 약속을 했겠지?”

“네? 에이, 설마요.”

“아니, 넌 만날걸. 분명히.”

“그게 무슨…….”

카토 유우나는 전혀 모르겠다는 표정으로 무열을 바라봤다.

‘정말로 아무것도 모르는 건가? 아니면 연기를 하는 건가…….’

여러 가지 추측은 되지만 그 어느 것 하나 물증이 없었다.

‘이 아이를 계속 데리고 있어봐야 아무런 소용이 없다. 하지만 분명한 건 지금은 이렇게 어수룩한 아이일지 몰라도 언젠가 히든 이터가 될 거라는 것이겠지.’

호로록.

무열이 더 이상 자신에게 말을 걸지 않자 카토 유우나는 그제야 처음으로 그가 주었던 차를 한 모금 마셨다.

"후아……."

긴장이 조금 풀린 건지 작은 입을 동그랗게 오므리면서 숨을 토해냈다.

'히든 이터라는 이름의 원(原)주인이 있다는 건 언제가 되었든 그녀가 그 이름을 물려받게 된다는 말이겠지.'

무열은 자신의 생각을 정리했다.

'그렇다면 지금이 아니더라도 분명 그 녀석과 카토 유우나는 접점이 있을 것이다. 무슨 이유에서 이런 아이를 택한 것인지는 모르겠지만 녀석은 그녀를 최고의 반열에 오르게 만들었다.'

이제 역사는 바뀌었다. 앞으로의 일에서 수많은 변수가 있을 것이다. 그리고 자신이 몰랐던 과거의 일들도 분명 존재할 것이다. 그 말은 곧, 그가 알고 있는 역사의 등장인물들의 행보도 변할 수 있다는 것이었다.

'어쩌면 4강 이상의 존재가 될 수도 있다.'

그 순간, 무열의 머릿속을 스치고 지나가는 생각.

'혹시……? 그 녀석인가.'

불꽃 첨탑에서 봤던 이름. 화염 비석에 3강들보다 더 위에 랭크되어 있던 한 사람이 있었다.

박종혁.

'지금으로선 그가 가장 유력하겠지. 4강보다 더 빠르게 첨탑을 클리어한 것도 그렇고 시기상으로도 나보다 먼저 이곳

에 올 수 있는 가능성이 있다.'

무열은 어젯밤 그와 붙었을 때 알 수 있었다. E랭커의 몸놀림이 절대 아니다. 최소 1차 전직을 끝낸 사람.

혹…… 그 이상일지도 모른다.

'하지만…… 굳이 그런 자가 이런 유약한 아이를 선택한 건 정말 단순히 이번 일에 대한 인연 때문일까.'

아무리 생각해도 그 부분이 의문이었다. 무열의 기억 속에 그는 이름을 남길 만큼의 활동을 한 적이 없었다. 그렇기 때문에 단순히 사라져 간 사람 중 한 명에 불과할 것이라 생각했다.

그에겐 과연 무슨 일이 있었던 걸까.

'여기서 카토 유우나를 처리한다면?'

잠시 생각에 빠졌던 무열은 고개를 저었다. 권좌에 오르기 위해서 모든 경쟁자를 죽이는 것만이 답이 아니다.

종족 전쟁(種族戰爭).

인간과 마찬가지로 6개 차원의 종족들의 권좌가 모두 정해진 때에 일어나는 대전쟁에 대비해서 강한 자들은 최대한 유지하는 것이 좋다.

'과연 그 존재가 나에게 독이 될지 득이 될지…….'

아직은 모르기 때문에 결정을 내릴 수 없다. 무열이 카토 유우나에게 말했다.

"만약 다시 그를 만나게 된다면 꼭 전해라. 네가 뭘 하든 상관하지 않는다. 하지만 날 방해한다면…… 이번처럼 넘어가지 않을 거라고."

"……."

"그리고 너 역시."

무열의 차가운 말에 카토 유우나는 살짝 겁을 먹은 듯한 표정으로 고개를 끄덕였다.

"네 검을 챙겨서 가라. 언젠가 다시 봤을 때 부디 내 검이 네 목을 치는 일이 생기지 않았으면 좋겠군."

그의 허락이 떨어지자마자 카토 유우나는 황급히 옆에 세워둔 검을 집어 들었다.

"아앗……!"

비틀거리면서 일어서던 그녀는 조금 전 무열과의 격전에서 다친 다리 때문에 삐끗하면서 앞으로 넘어지고 말았다.

"우…… 으으으……."

얼굴을 바닥에 파묻으며 자빠진 그녀를 보며 무열은 헛웃음을 지었다.

"나 참."

그러고는 인벤토리에서 붕대를 하나 꺼내 그녀의 발목을 잡았다. 카토 유우나는 흠칫 놀라며 동그란 눈으로 그를 바라봤다. 하지만 무열은 시선도 주지 않고 그녀의 접질린 다리에 붕대를 감아주면서 말할 뿐이었다.

"최대한 빨리 남부를 벗어나라. 아무래도 지금의 네가 있을

곳은 아닌 것 같으니까.”

“…….”

“붕대는 반나절 정도 감고 있는 게 좋을 거다. 어느 정도 효과가 있을 테니까.”

“가, 감사합니다.”

카토 유우나는 무열에게 꾸벅 고개를 숙였다.

‘언젠가 강해지면 다시 만나게 되겠지. 미안하지만 네가 가지려 하는 것들. 내가 먼저 가질 것이다.’

히든 이터(Hidden Eater).

‘그 강력한 힘을 가지고도 결국 넌 인류의 운명을 결정짓는 일에 관여하지 않았으니까.’

꽈악.

무열이 감은 붕대를 잡고 힘을 주자 카토 유우나는 살짝 인상을 찡그렸다.

“가라. 이게 너에게 주는 내 마지막 배려일 거다.”

촤아악---!!!

무열은 더 이상 그녀에게 관심을 주지 않고 막사의 천막을 걷으며 밖으로 나갔다. 그러자 밖에 있는 많은 사람이 그를 향해 일제히 고개를 숙였다.

“무슨 일이십니까. 아직 축하연이…….”

“아니, 그보다 먼저 해야 할 일이 있다. 지금 당장 5대 부족의 모든 가주에게 이곳으로 집결하라고 전하도록 해.”

"네?"

무열의 머릿속엔 이미 다음 행선지가 정해져 있었다. 그렇기 때문에 행동에 있어서 망설임은 없다.

그가 오르도 창을 바라보며 말했다.

"떠나야 할 때다."

그의 말에 오르도 창을 비롯한 모든 사람이 깜짝 놀라며 그를 바라봤다.

"하지만 그 전에 정리부터 해야겠지."

그가 검의 구도자로서 해야 할 마지막 일.

바로, 부족 통합(部族統合).

어스름한 아침.

저 멀리 막사들이 있는 촌락을 언덕 위에서 바라보는 한 남자가 있었다.

"그를 만나본 소감이 어때."

"소감이고 뭐고……. 강하긴 하던데. 잘못했으면 정말 맞붙었을지도 몰라."

"그렇지?"

조금 전까지만 하더라도 혼자였던 그의 등 뒤에서 들려오는 여린 목소리.

"다시 우리가 만날 걸 확신하던데. 뭔가 묘한 사람이었어."

"흣……. 유우나, 어때? 너라면 그의 기록을 깰 수 있을 것 같아?"

"무리. 절대로 무리. 들어가 보지 못해서 모르겠지만 밤의 경기장은 만만한 곳이 아냐. 한 명씩 상대하는 것도 죽을 맛인데……. 죽었다가 깨어나도 그런 식으로 클리어하는 건 불가능할걸."

고개를 저으면서 대답하는 여자. 그녀는 다름 아닌 카토 유우나였다.

"역시."

그녀의 말에 남자는 고개를 끄덕였다.

"내 기록을 깬 사람이니까."

그는 답답한 듯 복면을 벗었다. 여자라고 해도 될 만큼 긴 생머리가 복면 안에서 빠져나오며 흔들렸다.

"그냥 같은 이름일지도 몰라서 확인해 본 건데. 아무래도 진짜 동일 인물인가 보군."

"그 괜한 호기심 때문에 죽을 뻔했다고 난."

"크크……. 그 정돈 아니라 생각했으니까."

"흥……."

입술을 삐쭉 내민 유우나는 남자를 흘겨보면서 말했다.

"두 던전을 모두 클리어했다라……. 어떻게 그럴 수 있지? 나도 생각 못 한 일인데."

"모르지. 애초에 우리가 이곳으로 끌려온 이유도 알지 못하는걸. 숨겨진 것이 많겠지."

"그래, 사실 인간들끼리 나라를 만들고 싸우는 것 따위엔 관심이 없었는데…… 덕분에 조금 흥미가 가기 시작했어."

그의 말에 카토 유우나는 깜짝 놀랐다. 지금까지와는 다른 그의 변화였기 때문이다.

"에? 설마 권좌에 도전이라도 하겠다는 말이야?"

"글쎄, 모르지."

웃으면서 대답하는 그를 보며 그녀는 말했다.

"하지만 오빠가 마음만 먹으면 진짜 모를 일이 될 거야."

"녀석……. 칭찬이 과한데?"

아무렇지 않은 척하지만 카토 유우나는 진심이었다. 뛰어난 능력을 가졌음에도 불구하고 지금껏 나태했던 그가 처음으로 흥미를 보인 존재가 나타났으니 말이다.

"그건 그렇고, 이 세계도 웃겨. 이름을 개명하면 그 이름을 쓰게 된다니. 마치 지구에 있을 때의 법을 따르는 것 같잖아."

그녀는 남자의 옆에 앉으면서 말했다.

"그게 뭐 어때서. 난 좋은걸."

"난 마음에 안 들어."

남자는 뾰로통한 표정으로 말하는 그녀를 향해 웃었다.

"아서라. 카토그룹을 이어받는 건 너 하나로 충분해. 난 어머니를 따랐으니까. 갈라서면서 둘 중 한 명이 남아야 한다면 네가 거기에 있는 게 맞아."

카토그룹. 일본 철강 산업계의 부동의 1위 대기업.

그런 곳의 유일한 후계자와 히든 이터(Hidden Eater) 카토 유우나를 연결시킬 사람은 결코 많지 않을 것이다.

"오빠가 한국으로 가버리고 나서 얼마나 답답했는지 알아? 어떻게 5년 동안 연락도 한번 없어?"

"훗……. 게다가 이런 식으로 다시 만나게 될 줄은 꿈에도 몰랐던 일이었지. 5년 동안 못 본 널 이렇게 다른 세계에 와서 그것도 괴물들이 가득한 남부에서 만났을 땐 얼마나 놀랐는데."

그의 말에 카토 유우나는 입술을 들썩이며 말했다.

"하긴……. 그러고 보면 이 세계도 꼭 나쁜 것만은 아니네. 치츠카, 아니지…… 종혁 오빠."

그녀는 그 이름을 다시 되뇌면서 역시나 마음에 들지 않는다는 표정이었다.

"그래도 난 이 이름은 끝까지 익숙해지지 않을 것 같아."

카토 유우나의 오빠 카토 치츠카, 아니, 박종혁은 그 말에 피식 웃었다.

'흐음, 권좌(權座)라…….'

순간, 그의 눈빛이 날카롭게 빛났다.

19장 첫걸음

남부 일대는 크게 동과 서로, 그리고 중앙 세 부분으로 나뉜다.

그중에 경기장이 있는 곳은 서쪽 지역.

최초 랭크 업 던전이 있기 때문일지는 모르지만 남부에서 가장 북부와 거리가 가까운 곳이기도 하다.

서쪽 일대를 다스리는 다섯 부족.

현재로선 자신을 지지하는 오르도 창이 있는 창 일가를 제외하고 나머지 이매 일족, 엔라 일족, 타샤이 부족, 부이족까지 모두 4개의 부족은 아직 무열에게 완벽하게 호의적인 것은 아니다.

'그들은 다음에 있을 새로운 검의 구도자를 뽑는 경기를 기다리고 있을지도 모른다.'

무열은 각 부족에게 간 전령들을 기다리면서 생각했다.

'그렇게 되면 곤란하다. 특히 창 일가로서는.'

자신과 오르도 창은 이제 곧 이곳을 떠날 것이다. 처음에는 당분간 그를 이곳에 놔둘까라는 생각했지만 그렇게 한다면 그에게 검술을 훈련시키려는 계획이 틀어지게 된다.

'오르도 창은 현재 나에겐 큰 전력이다. 기본적인 재능이 있더라도 지금부터 꾸준하게 검술을 습득시켜야 스킬을 습득한 사람들과 대등하게 싸울 수 있을 테니까.'

그렇게 되면 창 일가에서는 더 이상 출전을 할 도전자가 없게 된다. 그게 바로 무열이 경기장에서 승리하고 5대 부족의 최강자라는 검의 구도자 자리에 올랐음에도 여전히 떨칠 수 없는 불안 요소였다.

'남부 일대에서 기반을 완벽히 다지고 떠나야 한다. 이들을 안톤 일리야가 흡수하지 못하도록.'

그래서 생각한 것이 바로, 부족 통합(部族統合).

'5대 부족을 깨뜨려서 하나로 합칠 필요까진 없다. 다만 그들에게 가장 큰 구심점을 만들어줘야겠지.'

그 중심에 강무열이라는 존재가 있어야 할 것이다.

"주군."

오르도 창이 막사 밖에서 자신을 불렀다.

아직 그 호칭이 어색한 듯 무열은 잠시 머뭇거리면서 말했다.

"모두 모였나?"

"네."

다행히도 축하연을 위해서 창 일가를 제외한 나머지 4개의 부족이 모두 이쪽으로 향하고 있는 길이었다. 덕분에 생각했던 것보다 빨리 한자리에 모일 수 있었다.

"좋아."

무열은 천장이 뚫린 막사에서 고개를 들었다. 서서히 어두워짐을 알리는 붉은 노을을 바라보며 낮은 목소리로 중얼거렸다.

"가 볼까."

"검의 구도자를 뵙습니다."

"승리를 축하드립니다."

"νφχωοκ υωγ ﬆφϪ."

"이렇게 초대를 해주셔서 감사드립니다."

막사의 천막을 열고 나가자 그 앞엔 부족의 대표들이 무열을 향해 인사했다.

같은 서쪽 지역에 있는 부족들임에도 제각기 전혀 다른 모습이었다. 마치 상인처럼 실크로 몸을 감싼 사람도 있었고 덩치가 남들의 배는 되는 엄청난 녀석도 있었다.

그중에서도 가장 특이한 건 타샤이 부족.

창 일가를 비롯해 다른 부족들은 의복을 깔끔하게 갖춰 입었지만 타샤이 부족만큼은 마치 아마존 밀림에 남아 있는 원주민처럼 낡은 천으로 간단히 주요 부위만 가린 모습이었다. 특이하게도 다른 부족장들과 달리 그만은 유일하게 허리에 커다란 환도를 차고 있는 것이 허락되었다.

그들은 5대 부족 중에 가장 호전적인 부족이라 했다.

'게다가 저 녀석들은 말도 통하지 않고…….'

세븐 쓰론에 징집되면서 지구에 있었을 때 서로 다른 언어를 쓰던 인류조차도 하나의 통합어를 통해 모두 대화가 가능하게 되었다. 아마도 이것 역시 락슈무의 안배일 것이다.

외지인들은 토착인들이 사용하는 언어를 자연스럽게 익히게 되었다. 하지만 아이러니하게도 토착인 중 몇몇 부족은 언어적 차이가 있었다.

"오르도, 여기에 타샤이 부족의 말을 통역해 줄 수 있는 사람이 있나?"

아마도 소수민족들만이 가지는 특수어이기 때문일 터였다. 그러나 애초에 종족 전쟁에서 대전장(大戰場)이 될 이곳의 언어를 모두 통합하지 않고 남겨뒀다는 건, 다른 차원인 지구에서는 자신들을 마음대로 데리고 왔지만 원 세계인 이곳은 신이라 할지라도 마음대로 모두 바꿀 수 없는 것은 아닐까 하는 의문을 남기는 일이었다.

"네, 타샤이 부족 이외에도 다른 남부 일대 소수 부족의 언어는 모두 제가 알고 있습니다. 통역은 제가 맡도록 하겠습니다."

"그래? 그거 듣던 중 반가운 소린걸."

무열은 오르도 창의 대답에 살짝 고개를 끄덕이면서 말했다. 남부 일대에 통합어를 사용하지 않는 부족은 생각보다 많다. 개중에는 알면서도 자신들의 부족어에 대한 자부심으로 쓰지 않는 사람들도 있었다.

'앞으로 중앙과 동쪽을 다니려면 언어가 문제가 될 수 있었는데 다행이군.'

혹시라도 퀘스트를 발견할 수 있는 상황에서 말이 통하지 않아 모르고 지나칠 수도 있기 때문이다.

'오르도 창을 얻은 게 여러모로 득이 된다.'

무열은 그렇게 생각하면서 자신의 앞에 선 부족장들을 향해 말했다.

"이렇게 승리를 축하하기 위해 마련한 축하연에 모두가 참석해 주신 것에 대해 감사하다. 그대들도 5대 부족 중 하나. 창 일가와 그 산하의 부족 모두 나를 받들기로 한 것을 알고 있겠지."

웅성웅성.

주위가 소란스럽다. 이미 소식을 접한 부족장들은 가만히 있었지만 그 밑의 부하 중에는 아직 모르는 이가 많았다.

"지금까지 이 일대는 5대 부족의 힘이 서로를 견제하며 균형을 이뤄왔다. 그것을 표출하는 도구가 검투(劍鬪)였을 터. 그러나 이제 새로운 검의 구도자인 내가 그대들에게 명한다."

무열은 주위를 한 번 훑고는 차분한 어조로 그들에게 또박또박 들릴 수 있도록 말했다.

"이 시간 이후, 검의 구도자를 뽑는 경기를 중단할 것이다."

"……!!!"

"……!!!"

그의 말에 모두가 경악했다. 경기장은 대대로 이어온 5대 부족의 전통이었다.

"구도자님, 아무리 그래도……."

"다음 승리자가 나오지 않도록 하려는 것 아닙니까?"

"구도자에 도전하는 건 모든 부족에게 똑같이 주어지는 기회입니다."

"그래? 그럼 굳이 기다릴 필요 없겠군. 지금 당장 5대 부족 중 나에게 도전을 할 용기를 가진 자가 있는가?"

"그건……."

이매 부족의 족장 타후는 무열의 눈동자에서 느껴지는 아우라에 기가 죽어 제대로 바라보지도 못했다.

"나를 인정하지 않는 부족은 지금 나에게 도전하라. 하지만 그렇지 않다면 앞으로 5대 부족은 서로의 힘을 유지하되 더 이상 세력 간의 다툼 없이 자신들의 힘을 키워야 할 것이다."

"……."

그들의 표정이 좋지 않다. 충분히 이해할 수 있는 일이었다. 아무리 검의 구도자가 되었다고 하더라도 자신의 마음대로 명령만 할 순 없다.

하지만 무열은 단순히 타이틀과 창 일가만을 믿고 이런 일을 벌인 게 아니다.

그들이 염원하고 있는 것.

무열은 그게 뭔지 안다.

'안톤 일리야가 남부 일대의 부족들을 흡수할 때의 유명한 일화가 있지. 토착인의 마음을 어떻게 잡을 수 있었는가.'

"나는 오르도와 함께 북부로 갈 것이다."

그의 말에 고개를 숙이고 있던 모든 이가 일제히 무열을 바라봤다.

"지금 당장 나에게 충성을 강요하지 않는다. 3개월 뒤, 나와 뜻을 함께하고 충성을 맹세할 자들은 그대들의 자식을 북부에 있는 트라멜로 보내라."

"트라멜……?"

"그곳은……."

"트라멜이라면 설마……."

무열의 말에 그들은 모두 어리둥절한 표정을 지었다. 그럴 수밖에.

"그래, 바로 그 북부 요새 트라멜이다. 그곳이 앞으로 우리들의 거점이 될 것이다."

"……네?"

"무슨……."

이제, 숨겨놓은 한 수를 보일 때이다.

"북부 정벌의 거점."

부족원들은 그 말에 다시 한번 놀랐다.

"3개월 뒤, 내가 그곳에 없다면 너희들은 다시 경기를 부활시켜도 된다. 어떤가. 정확히 3개월만 서로에게 이를 보이지 않고 자신의 힘을 키워라. 그리고 그 트라멜에서의 결과를 보고 나를 믿고 따를 수 있다 생각된다면 그때 나에게 영원한 충성을 맹세하라."

너무나도 당당하게 말하는 무열의 모습에 부족원들은 그가 외지인이라는 사실조차 잊고 말았다.

그만큼 그들은 북부에 대한 열망이 컸다. 척박한 환경인 남부와 달리 북부의 토지와 여건은 풍요로웠다. 몇 번이나 북부로의 진출을 위해 도전했지만 각 부족 간의 연계는커녕 연합 자체가 되지 않았기에 북부 정벌은 꿈과 같은 이야기였다.

그런, 그들의 꿈을 처음 보는 자가 말하고 있었다.

이 얼마나 설레는 일인가.

"북부……."

"위로 올라갈 수 있다는 말인가……."

"창 일가가 충성을 맹세한 이유가 있었던 거로군……."

부족장들은 마치 꿈에 부푼 어린아이처럼 떨리는 목소리로 그날을 상상했다.

"어떤가. 그대들은 나와 함께할 것인가."

손해 보는 일은 절대 아니니다. 그저 3개월 뒤 자신들의 자식을 트라멜로 보내기만 하면 된다. 멀리서 확인을 해서 아니다 싶으면 돌아오면 그만. 그 정도라면 위험부담도 없거니와 만약 실패라도 하게 된다면 창 일가의 세력을 흡수할 수 있는 기회도 될 것이다.

"전통적으로 검의 구도자를 따르는 것이 우리 5대 부족입니다. 하지만 무열 님은 외지인. 말이 많을 수 있었지만 오히려 외지인이기 때문에 저희들보다 더 큰 계획을 가지고 계시는군요. 찬탄을 금치 못합니다. 트라멜을 얻는다면 저희 이매 일족은 무열 님을 따르겠습니다."

가장 먼저 말을 꺼낸 건 역시 이매 일족. 결정을 내리기 쉬웠던 건 아마도 아콘의 영향이 컸을 것이다.

"엔라 일족 역시 검의 구도자를 따릅니다. 다만, 3개월 뒤 구도자께서 말씀하신 일의 결과를 지켜봐도 괜찮겠습니까."

"물론. 그렇게 하도록."

"저희 부이족 역시 엔라 일족과 뜻을 같이 하겠습니다."

겉모습까지도 상인을 닮은 두 사람은 이매 일족보다 더욱 계산적으로 본심을 내어놨다. 하지만 오히려 그게 더 낫다. 흑심을 품고 뒤통수를 치는 것보다 계산적인 그들이기에 적어도 3개월이란 안전한 시간을 확보할 수 있기 때문.

"χνφωκ υωγ ѕtooφX."

타샤이 부족의 부족장인 반고가 오르도에게 뭔가 말했다. 그러자 순간, 그의 낯빛이 어두워졌다.

"무슨 말이지?"

무열이 물었지만 오르도 창은 선뜻 대답하지 못했다.

"그게……."

"아직까지도 전설에나 나오는 헛소리나 하다니……. 저 미개한 녀석들."

엔라 일족의 부족장이 반고를 바라보며 한숨을 내쉬었다.

"자네가 알고 있는 것 같은데. 설명을 좀 해줄 수 있을까."

"구도자께서는 저자의 말을 흘려 들으셔도 괜찮습니다. 저희 4대 부족은 그런 고리타분한 이야기는 잊은 지 오래입니다."

"그러니까. 그게 무슨 이야기인지 묻고 있는 것이지 않은가."

자꾸만 숨기려고 하는 그들에게 무열이 목소리에 힘을 주며 다시 물었다.

"진정한 검의 구도자는 나락바위를 정복해야 한다."

그때였다. 지금까지 자신의 부족어만을 쓰던 반고가 처음으로 무열에게 통합어로 말을 한 것이다.

무열이 반고를 바라봤다.

"나락바위……?"

"전설로 내려오는 말일 뿐입니다. 남부 일대에 사는 그 어떤 부족에서도 나락바위에 간 사람은 없습니다."

황급히 오르도 창이 대답했지만 그의 말보다 이미 무열에겐 반고의 말이 더 귀에 들어왔다.

"증명한다면. 영원히 따른다. 타샤이. 4대 부족을 합쳐 놓은 것보다 강하다. 우린."

"……뭐?!"

"감히, 이놈이……!!"

"숲으로 쫓겨난 놈들이 아직까지 너희가 5대 부족의 일원이라 생각하는 거냐!"

"무식한 놈들!"

반고의 말에 세 명의 부족장이 들고 일어섰지만 그는 아랑곳하지 않고 무열을 향해 말했다.

"머리 굴리지 않는다. 계산하지 않는다. 다르다. 너희들과. 심장을 바칠 수 있다. 우린."

그의 말에 부족장들은 입을 다물고 말았다.

"원한다면. 한번 붙는다."

타샤이 부족.

확실히 나머지 4대 부족들에 비해 규모도 가장 작으며 산하에 어떤 다른 부족도 받아들이지 않은 폐쇄적인 녀석들이다. 규모의 차이 때문에 조금씩 밀려 남부 일대에 있는 밀림 안에 터를 잡았지만 어느 부족도 숫자의 우위를 이유로 그들을 얕보는 일이 없었다.

"……."

부족장 중 그 누구도 반고의 말에 화를 내지 않았다.

심장을 먹는 악귀. 그게 타샤이 부족을 부르는 또 다른 이름이었으니까.

"좋다, 반고."

그 순간, 무열이 그의 앞에 다가섰다.

"나락바위라고 했지."

무열이 반고를 바라보며 말했다. 머리부터 발끝까지 기묘한 무늬로 문신을 한 그가 고개를 돌렸다.

"그 정상을 보여주지. 용기가 있다면 따라와라."

"……!!"

지금까지 단 한 번의 동요도 없었던 반고의 눈동자가 살짝 떨리는 건 아마 그 앞에 있는 무열만이 발견한 것일 것이다.

[퀘스트를 발견했습니다.]

[퀘스트명 : 나락바위]

[난이도 : D-SS급]

[진정한 검의 구도자로 가기 위한 첫걸음. 그 누구도 공략하지 못한 그 위에서 시작을 찾을 수 있으리라.]

그리고 무열의 눈동자 역시 그 순간 살짝 떨렸다.

'이거다.'

"지금 주군께선 나락바위에 대해서 아무것도 모르셔서 그렇습니다!! 지금이라도 말씀을 무른다 하시더라도 그 누구도 반(反)하지 않을 겁니다."

축하연의 분위기는 무열의 선언으로 더욱 고조되었다. 심지어 다른 부족들과 연계가 없는 타샤이 부족조차 무열의 축하연에 자리를 했다.

하지만 단 한 사람.

오르도 창만큼은 걱정이 가득한 얼굴로 무열에게 말했다.

"글쎄. 반고의 눈빛은 아닌 거 같은데."

막사 안. 무열은 시끌벅적한 다른 사람들과 달리 마치 경계를 하듯 술은 입에도 대지 않고 음식만 조금씩 먹는 그들을 보며 말했다.

"타샤이 부족은 어차피 다른 4대 부족과 달리 별개와 같은 존재입니다."

"하지만 강하지."

"……네?"

"솔직히 창 일가의 가주인 네가 경기장에서 연이은 우승을 할 수 있었던 건…… 타샤이 부족의 반고가 출전하지 않았기 때문이란 얘기가 있던걸."

"아니, 누가 그런……."

"훗…… 술자리에선 의외로 많은 이야기가 오가는 법이거든. 오늘같이 시끌벅적한 자리는 더더욱 말이야."

"엘라 일족 녀석들이군요. 입이 가볍기로 이 일대에서 두 번째라면 서러운 녀석들이니까."

오르도는 한숨을 내쉬면서 고개를 저었다.

"그들의 힘은 꼭 필요해. 오르도, 네가 말했던 것처럼 외지인인 나와는 달리 너희들은 노력으로 강해질 수 있다. 책임감 없는 말처럼 들릴지도 모르지만 그렇기 때문에 누구보다 이 일대에서 강한 전사들인 타샤이 부족의 힘이 필요해."

"그럼 저도 함께 가겠습니다."

"아니, 넌 이곳에 남아서 내가 돌아오면 바로 출발할 수 있도록 준비해 줘. 생각보다 시간이 지체된 만큼 빨리 가야 하니까."

"정말 괜찮겠습니까?"

무열은 불안한 듯 말하는 오르도 창의 어깨를 툭 한 번 치면서 말했다.

"네가 함께 간다면 내가 나락바위의 정상에 오른다 하더라도 아무런 의미가 없어. 5대 부족의 통합을 위해선 내 힘만으로 올라야 비로소 의미가 있는 거야."

오르도 창은 고개를 끄덕였다.

"그리고 나락바위에 대해서 나 역시 아무것도 모르는 건 아냐."

나락바위 던전.

모를 수가 없는 곳이다.

'예전 안톤 일리야가 최초로 공략한 던전. D급 던전이지만 그 난이도는 C를 상회한다고 전해진다. 그 역시 많은 희생을 하면서 공략했었지. 하지만 그곳에 가면 그걸 얻을 수 있지.'

나락의 정수.

속성석과는 달리 1회 한정이지만 100% 확률로 아이템에 인챈트해서 번개 속성을 띠게 만들어주는 아이템.

'안톤 일리야는 그걸 이 검에 발랐었지. 덕분에 번개군주라는 이명을 얻게 되기도 했고 말야.'

무열은 자신의 검을 바라보며 생각했다. 그런 그에게 오르도 창이 말했다.

"……알겠습니다. 하지만 그러시다면 출발 전에 꼭 잔알리를 만나고 가시기 바랍니다."

"엘리젤 일족의 족장?"

"네, 저는 도와드릴 수 있는 것이 없지만 그분이라면 뭔가 도움이 될 만한 것을 가지고 계실 겁니다."

"으흠……."

무열은 처음 그를 만났을 때를 떠올렸다. 리앙제에 이끌려서 도착한 막사 안의 냄비에서 끓고 있던 정체불명의 액체.

'주술인가…….'

그건 불꽃 첨탑에서 얻을 수 있는 히든 클래스 중 하나인 주술사와는 다른 의미의 주술이었다.

토착인들만이 사용할 수 있는 것. 자연적이면서도 단시간에 어떤 효과를 발휘하는 것이라기 보단 염(念)적인 것.

“그래, 그를 만나보도록 하지. 나머지 뒷정리는 너에게 맡기겠다.”

무열은 그 기억을 떠올리며 오르도 창에게 고개를 끄덕였다.

“알겠습니다.”

막사 안에서 오르도 창과의 이야기를 마무리하고 난 뒤, 무열이 뒷문으로 이어져 있는 천막을 걷었다.

바로 다음 순간 그의 눈에 예상하지 못했던 인물이 들어왔다.

“음……?”

리앙제였다. 모든 부족원이 참가한 축하연이 바로 앞에서 벌어지고 있음에도 불구하고 그녀는 오히려 막사의 뒤에서 무열이 나오기만을 기다리고 있던 것이다.

“들어오지 않고 왜?”

“아니에요. 아저…… 아니, 군주님.”

허탕을 칠 수도 있는 일인데 이렇게 있는 걸로 봐서는 뭔가 할 말이 있는 듯 보였다. 아직 호칭이 익숙하지 않는 듯 리앙제는 입술을 살짝 들썩이면서 말했다.

“훗, 편하게 불러도 돼.”

“안 돼요. 그럴 수 없어요. 앞으로 5대 부족을 통합하실 분인데요. 제가 감히…….”

“녀석.”

무열은 리앙제의 말에 피식 웃으면서 그녀의 머리를 쓱 쓰다듬었다.

"할 말이라도 있는 거냐."

"그게……."

그녀는 그의 물음에 잠시 머뭇거렸다. 지금까지 볼 수 없었던 모습이라 무열은 오히려 더 궁금했다.

"할아버지께서 분명 반대하실 것 같아서……. 군주님께 말씀드리는 거예요."

"음? 뭘 반대한다는 건데?"

꿀꺽.

어쩐 일인지 긴장한 듯한 모습의 리앙제는 무열의 옷깃을 붙잡으면서 말했다.

"나락바위에 저도 데려가 주세요!!"

"뭐?"

정말로 전혀 생각지도 못했던 말이었다. 하지만 그 순간 무열의 눈이 가늘게 떠졌다.

'……설마?'

"며칠 되지 않았는데 뭔가 오랜만에 들르는 것 같네요, 이곳."

경기장 뒤에 있는 마을을 통과해서도 꽤나 먼 길을 걸어서야 도착한 엘리젤 일족의 터.

커다랗고 하얀 막사의 천막을 열면서 무열은 남부에서 처음 만난 부족장인 그를 향해 인사했다.

"오셨습니까, 군주님."

그때와 다른 것이 있다면 무열이 막사에 들어오는 순간 모두가 마치 절을 하듯 고개를 숙인다는 점일 것이다.

"주신 검 덕분에 쉽게 경기를 했습니다."

"아닙니다. 창 가주께서 인정하신 분이라면 검이 없어도 당연히 이기셨겠지요. 예견된 결과입니다. 리앙제가 사람을 잘 보았지요."

엘리젤 일족의 족장, 잔알리는 무열의 말에 고개를 저으면서 대답했다. 깊은 주름엔 말을 할 때마다 그림자가 생겼다.

"오르도 창이 나락바위에 가기 전에 당신을 만나보라고 하더군요."

"으흠…… 그 얘기가 정말이었군요. 몸이 불편해서 축하연에 아들들을 대신 보낸 무례를 용서하시지요."

"아닙니다. 뇌격과 뇌전, 이 두 자루를 만드는 데 많은 힘을 쏟으신 것 압니다. 오히려 감사드립니다."

무열은 자신의 오른쪽 허리와 왼쪽 허벅지에 감겨 있는 두 자루의 검을 바라봤다.

[뇌격(雷擊) & 뇌전(雷電)]

엘리젤 일족의 비기가 담겨 있는 검. 날카로운 검날의 파괴력도 뛰어나지만 보다 더 강력한 숨겨진 주술적인 효과가 담겨 있다고 전해진다.

등급 : C급(유니크 세트)

분류 : 롱소드+숏소드

내구 : 100

효과 :

절삭력 +15%, 공격력 +20%,

잠김(1), 잠김(2)

다시 봐도 그 자체만으로도 훌륭한 검이다. 하지만 아이템 설명에 나와 있는 것처럼 아직 무열은 이 두 검의 힘을 모두 깨우지 못했다.

'번개군주인 안톤 일리야가 SS랭크에 오를 때까지 이 두 자루의 검을 썼었지. 그만큼 뛰어난 힘이 숨겨져 있을 것이다.'

뇌격과 뇌전은 최상위 랭크에 오르기 직전까지 그가 사용했던 검이다.

하지만 현재 두 검의 등급은 C급. 아무리 뛰어난 아이템이라 할지라도 SS랭크까지 C급 무기를 쓰진 않을 것이다.

'그렇다면 한 가지뿐이겠지.'

바로, 아이템 각성(Item Awakening).

유니크 아이템 중에서도 이렇게 록(Lock)이 걸려 있는 것은 각성으로 그 효과를 풀 수 있다. 일정한 확률로 특수하게 나타나는 것들이기 때문에 우습게도 이 잠긴 효과들은 정작 무구를 만든 본인도 풀 수 없다.

때때로 대장 스킬(Blacksmith)만 익힌 사람들이 만든 무기에서도 잠김 효과가 발현되기도 하니 말이다.

'각성을 하는 것도 쉬운 일은 아니다. 게다가 어떤 정보도 없으니…….'

그렇기 때문에 무열은 잔알리에게 말했다.

"리앙제가 자신을 나락바위로 데리고 가달라고 하더군요.

"네? 그게 무슨 말씀이신지……."

그의 말에 잔알리는 깜짝 놀라며 말했다.

"강한 전사들이 도전했었지만 돌아온 사람은 없습니다. 그런 곳을 어찌……. 제가 단단히 주의를 주겠습니다. 죄송합니다, 군주님."

"아뇨, 그 아이가 원했습니다. 그리고 저 역시 필요하다는 결론이 나왔군요."

"……네?"

무열이 리앙제를 얻으려고 했던 가장 큰 이유.

바로, 아이템 감정(Item Identification).

엘리젤 일족은 어렸을 때부터 손재주가 좋아 무구를 만드는 기술이 뛰어나다. 그중에서도 리앙제는 특별하다. 단순히 뛰어난 손재주만을 가졌다면 그건 아이템을 제작하는 데 그칠 것이다. 하지만 그녀는 그것을 판단하는 눈을 가졌다.

'확실히 안톤 일리야는 나락바위에서 나락의 정수를 얻었다. 그 녀석이 나락바위에 가고 싶어 하는 이유도 분명 이 두 검 때문일 것이다.'

그녀가 가진 능력은 스킬이 아니다. 그렇기 때문에 본능적으로 느끼는 것이다.

'나락의 정수가 뇌격과 뇌전을 각성시킬 수 있는 아이템이라면…….'

어쩌면 그건 자신이 할 수 없는 일일지도 모른다.

'안톤 일리야가 번개군주라는 이명을 얻은 것도 그가 S랭크일 때였다. 나락바위를 클리어한 건 그보다 한참 전. 분명 재료를 얻고도 아이템 각성을 하지 못했었던 것이다.'

그러나 그 각성을 시킬 수 있는 게 바로 리앙제라면……?

안톤 일리야가 S랭크 때 했던 걸 무열은 지금 할 수 있게 된다.

확실히 위험한 일이다. 혼자서도 클리어하기 어려운 던전에 전투 능력이 제로에 가까운 아이를 데려간다는 게 말이다.

'그 당시 안톤 일리야도 남부 일대의 부족원 100명을 희생시키고 혼자 살아남은 던전이니까.'

하지만 그는 그들을 희생시키지 않을 것이다.

더 강한 신뢰. 화염의 군주라는 클래스를 얻고 난 뒤 그들의 충성심뿐만 아니라 자신 역시 그들을 생각하는 마음이 조금은 달라진 느낌이었다.

"꼭 지금…… 가셔야 하겠습니까. 나락바위의 정상에 오르신다면 그 이후에 천천히 아이를 데려가도 괜찮을 텐데 말입니다."

"안 돼요! 그건!"

대답은 무열이 아닌 다른 곳에서 들렸다.

"음?"

"이, 이 녀석이……!!"

잔알리는 갑자기 튀어나온 리앙제의 등장에 화들짝 놀라며 소리쳤다.

"지금이어야 해요. 아니, 지금도 늦은 것 같다구요."

"그게 무슨 소리냐."

"그냥…… 그런 생각이 들어서……."

하지만 그녀는 대답을 제대로 하지 못했다.

느낌은 있지만 확신이 없다. 그게 토착인들이 가진 능력의 단점이자 장점일 것이다. 스킬화되어 숙련도조차 퍼센티지로 확인할 수 있는 자신들과 달리 토착인은 능력의 개화를 떠나 태생적으로 가지는 '느낌'이라는 것이 있기 때문이다.

"전 리앙제의 느낌을 믿습니다."

"하지만 아직 아이입니다."

잔알리의 말에 무열은 가볍게 웃었다.

"족장도 나에게 검을 줄 때 그러지 않았습니까. 리앙제의 눈이라면 믿을 수 있다고."

"그, 그건……."

"그 믿을 만한 눈을 가진 아이가 한 이야기입니다. 설령 아이라 할지라도 넘겨들을 수 없죠."

"정말…… 꼭 지금 가야겠느냐."

"네, 할아버지."

다시 한번 물어도 그녀의 대답은 달라지지 않았다.

이토록 확고하다니.

족장은 결국 고개를 저었다.

"후우……."

탈깍.

"그렇다면 이걸 가져가시기 바랍니다. 도움이 될지는 모르겠지만……."

그가 건넨 작은 상자 안에는 두 개의 액체가 담긴 병이 들어 있었다. 액체는 출렁거릴 때마다 묘한 빛을 띠었다.

"이건?"

"'정령의 가루'입니다. 지금은 재료를 구할 수 없는지라 저희 부족에도 이 두 개만 남아 있습니다. 사용법은 리앙제가 알고 있을 겁니다. 부족하지만…… 제 손녀니까요."

족장이 나락바위로 가려는 리앙제를 말리려고 하는 이유를 알 수 있을 것 같았다. 그녀가 그를 할아버지라고 부를 때부터 어느 정도 예상은 했지만 부족 내에서 족장을 그렇게 부르는 아이는 흔했기 때문에 확신은 할 수는 없었다.

"리앙제."

"네."

무열은 상자를 받으면서 말했다.

"아직 축하연이 한창이다. 끝나려면 오늘 밤을 꼬박 새워야겠지. 나를 위한 자리다. 그렇기 때문에 내가 빠지는 건 말이 되지 않겠지. 끝나는 건 빨라도 내일 아침. 네 생각에 그 자리보다 나락바위로 출발하는 것이 더 중요하다고 생각하느냐."

"네, 지금 당장 가야 해요."

리앙제는 한 치의 망설임도 없었다.

'과연 그녀가 느끼는 게 무엇일까. 단순히 뇌격과 뇌전, 이 두 자루만이 아닌 뭔가 '다른 것'을 느끼고 있는 걸까.'

무열은 그녀의 말에 고개를 끄덕였다.

"그럼, 지금 당장 반고를 부르도록……."

엘리젤 일족 중 한 명이 황급히 막사를 나가려는 순간.

"있다. 이곳에."

목소리가 들렸다.

"……!!"

"타샤이의 눈. 술 따위에 흐리지 않는다. 우린 다르다. 보고 있다."

막사의 천막이 걷히자 팔짱을 낀 채로 앞을 주시하고 있는 반고의 모습이 어둠 속에서 나타났다.

"훗. 그래, 반고. 이야기는 다 들었겠지."

모두가 깜짝 놀랐지만 무열은 마치 알고 있었다는 것처럼 고개를 끄덕였다.

"좋아."

따악.

무열이 막사를 나서며 손가락을 튕겼다.

콰르르르르……!!!

그 순간, 그의 앞에서 뜨거운 불길이 소용돌이처럼 치솟으면서 회전하기 시작했다. 무열이 그 화염을 바라보며 나직이 말했다.

"오랜만이군."

[크아아아아아아———!!!!]

귀를 찢을 것 같은 맹수의 포효에 반고는 진심으로 놀란 듯 어리둥절한 표정으로 플레임 서펀트를 바라봤다.

"자, 출발하자."

거대한 뱀과 같은 모습으로 공중을 몇 번 선회하며 바닥으로 내려온 서펀트의 머리를 밟고 무열이 등에 올라탔다.

"잔알리, 떠날 때는 조용하게 떠나지만 돌아오는 날에는 그 누구보다 화려하게 우리를 맞이하게 될 것이다."

"기다리겠습니다, 군주시여."

아무렇지 않게 괴수의 위에 군림하고 있는 무열의 자태에 반고는 경기장 때와는 또 다른 의미로 그의 존재가 새롭게 각인되는 모양인 듯 할 말을 잃고 그 자리에 서 있었다.

반면에 리앙제는 익숙한 듯 쪼르르 그의 뒤를 따라 서펀트의 등에 올라탔다.

"안내해라, 반고."

자신을 호명하자 반고의 어깨가 들썩이며 고개를 들어 그를 바라봤다.

"나락바위로."

20장
나락바위로

[크르르르르……!!!]

상공을 날던 플레임 서펀트가 일순간 방향을 틀면서 그 주위를 맴돌기 시작했다.

"음?"

[크르…… 크르르르…….]

무열이 서펀트의 머리를 발로 툭툭 쳤지만 더 이상 앞으로 나아가지 않고 계속 주위를 맴돌 뿐이었다.

"두려운 것. 저 안쪽. 갈 수 없다."

반고가 검은 숲을 가리키면서 말했다. 숲 위에 우뚝 솟아 있는 거대한 산.

"나락바위다."

그의 말에 무열이 고개를 끄덕였다. 이름을 말하지 않아도 보는 것만으로도 충분히 알 수 있을 것 같았다.

쿠궁…… 쿠구궁…….

저 멀리서 천둥이 울리는 소리가 들렸다. 산 위로 검은 먹구름이 잔뜩 끼어 있었다. 이따금 한 번씩 떨어지는 번개를 보며 무열은 천천히 플레임 서펀트를 지면으로 내렸다.

"여기서부터 걸어가야겠군. 리앙제, 잘 따라와라."

"네, 알겠어요."

바짝 긴장한 그녀는 무열의 말에 고개를 연신 끄덕였다. 그런 두 사람을 앞질러 서펀트에서 내린 반고는 성큼성큼 숲 안으로 걸어 들어가기 시작했다.

"아저씨!! 조심하세요!!"

"타샤이. 평생을 밀림에서 살았다. 길 찾는 것. 우리를 따라갈 자 없다. 하늘 위에서 모두 봤다."

반고는 고민도 하지 않았다. 마치 머릿속에 이 숲의 모든 길이 지도처럼 그려지는 듯 그는 주위를 한 번 훑어보고는 다시 걸음을 걷기 시작했다.

무열은 그 모습을 보며 피식 웃었다.

'흐음, 타샤이 일족을 정찰꾼으로 쓰는 게 어쩌면 지도 스킬을 익히는 것보다 더 쓸모 있겠는걸.'

[새로운 지역에 대한 지도 제작을 준비합니다.]

[지도 제작을 하시겠습니까?]

무열은 익숙한 확인창을 바라보며 마치 미니맵 같은 작은 창에 손을 가져갔다. 그러자 일순간 그 창에서 빛이 나더니 작은 지도가 생성되었다.

"반고, 이곳의 주요한 길목에 대해서도 안내해라."

그의 말에 잠시 뒤를 돌아본 반고가 고개를 끄덕였다.

〈생산 스킬〉

[지도 제작 : 65%(E랭크)]

무열은 틈틈이 지도 제작 스킬을 올리고 있었지만 확실히 다른 스킬에 비하면 올리기 어려운 스킬이었다. 게다가 서펀트를 얻은 뒤론 빠르게 이동은 가능했지만 그만큼 지도 제작을 할 시간이 사라졌기 때문에 더 더뎠다.

'전문적인 지도 제작 스킬을 가진 사람에게 배우면 더 빠르게 올릴 수 있을 것 같은데 아직 찾을 수가 없으니 아쉽군. 트라멜에 가면 있으려나.'

무열은 훈련소에서 병사들에게 지급되는 지도를 읽기 위해 배운 기본적인 스킬 덕분에 스킬의 개화는 가능했지만 거기까지가 한계였다. 전투 스킬이라면 모를까 생산 스킬은 확실히 평소 계속해서 사용하는 수밖에 없었으니까.

'일단 D랭크가 목표니까. 그때가 되면 활용도가 더 높아져서 좀 더 수월하겠지.'

D랭크 지도 제작(Cartography) 스킬을 가진 사람만이 할 수 있는 특수한 스킬. 바로, 지도 공유(Map Sharing).

자신이 제작한 지도를 지금처럼 사용하려면 현물화시키지 않고도 상대방의 시야에 나타나게 할 수 있는 스킬이다.

랭크가 올라갈수록 공유할 수 있는 인원의 수도 증가한다.

지도 공유는 단순히 길을 찾는 목적뿐만 아니라, 부대 단위로 움직임일 경우 전술상에서 엄청난 효과를 발휘한다. 그렇기 때문에 훈련소에 입소하는 모든 부대원은 필수적으로 지도 제작과 지도 읽기를 배웠다.

'흐음……. 트라멜에 가기 전까지 D랭크로 랭크 업을 할 수 있다면 좋을 텐데.'

무열은 나락바위를 바라보며 생각했다.

'역시 제작 스킬을 올리려면 '거기'만 한 곳도 없겠지. 이곳을 공략한 뒤에 가려면 빠듯하겠지만 서펀트가 있으니 가 볼까…….'

그는 이미 나락바위 다음을 준비하고 있었다.

"자, 가자."

반고가 표시해 놓은 길을 따라 무열과 리앙제 두 사람은 천천히 나락바위를 향해 걸음을 옮겼다.

[D급 나락바위에 입장하였습니다.]

무열이 커다란 동굴 입구에 발을 들여놓는 순간 붉은색 메시지창이 떠올랐다.

띠링.

[나락바위 발견자!]

[최초 발견자의 사망으로 현재 미공략 던전입니다. 약화된 던전의 특전을 이어받을 수 있습니다.]

[특전 확인]

[던전 내 삼 일간 스테이터스 습득 증가 5%]

[던전 내 삼 일간 몬스터 마석 획득 확률 증가 10%]

[던전 내 근력, 체력, 민첩 버프 10% 상승]

'……음?'

무열은 당연히 자신이 최초의 발견자가 될 것이라고 생각했었다. 그런데 놀랍게도 이곳을 발견한 사람이 있었던 모양이다.

'흐음……. 공략은 성공하지 못했다 하더라도 이곳을 발견한 사람이 있다고? 사람이 별로 오지 않는 남부 중에서도 이곳은 더할 텐데.'

물론, 지금의 메시지창은 자신의 실력을 모르고 함부로 도전하는 것이 어떤 결과를 만드는지 보여주는 것이기도 했다.

'그래도 아직 버프가 살아 있는 것을 봐서는 최초의 발견자

이후엔 이곳에 온 사람은 없나 보군.'

무열은 과연 처음 이곳에 온 사람이 누구일지 살짝 궁금해지기도 했지만.

'어차피 죽은 사람.'

결국 소용없는 일이라는 걸 전장을 살았던 그가 누구보다 잘 알고 있었다.

킁킁.

나락바위에 들어오자마자 반고는 마치 냄새를 맡는 것처럼 주위의 공기를 코로 들이마셨다.

"이쪽. 바람 냄새가 난다. 그리고 이쪽은 아무것도 나지 않는다. 바람. 통로. 이 길로 가는 게 낫다."

정상으로 올라가는 첫 입구에서 두 개의 갈림길이 있었다. 반고는 커다란 동굴 안에서 용케 바람이 통하는 냄새를 맡았다. 사람이라기보다는 동물에 가까운 신체 능력이 아닐 수 없었다.

'이런 건 아무리 수련해도 할 수 없는 것이겠지. 대단하군.'

어차피 아무도 올바른 길이 어느 쪽인지 모르는 상황이다.

무열은 반고의 말에 고개를 끄덕이며 말했다.

"그래, 그럼 오른쪽으로 가 보지. 반고, 지금부터 넌 우리가 가는 길에 갈림길이 나온다면 표식을 해둬."

"알겠다."

그의 말에 반고는 허리춤에 있는 작은 가루를 꺼냈고 그 순간 리앙제가 무열에게 말했다.

"군주님, 왼쪽으로 가면 안 될까요?"

오른쪽 입구에 가루로 표식을 하려던 반고가 리앙제의 말에 걸음을 멈추며 돌아봤다.

생각지 못한 얘기에 무열은 리앙제를 보며 물었다.

"어째서? 너도 이곳에 온 건 처음일 텐데."

"음……."

리앙제는 살짝 턱을 올리면서 말했다.

"검이 싫어할 것 같아서……."

확신은 없다. 하지만 그녀는 자신의 감을 얘기했다.

'의외인데. 아이템 감정 능력이 뛰어나다고 해도 이 정도까지 동조가 가능한가?'

어느 정도 리앙제의 감을 믿고는 있기 때문에 그녀를 데리고 온 것이기도 하지만 자신의 생각을 말할 정도로 '감'이 뛰어날 줄은 몰랐다.

이것 역시 스킬과는 별개의 것이다.

'어쩌면 이곳에서 그녀의 뭔가가 깨어날 수 있을지도 모르겠는걸.'

토착인들의 능력. 이강호도 안톤 일리야도 모두 배제했던 것이지만 무열은 오르도 창과 리앙제, 그리고 반고를 보면서 새로운 희망을 발견한 기분이 들었다.

"좋다. 왼쪽 길로 간다."

"그다지 좋은 선택은 아니다. 바람이 부는 곳. 상식이다."

"알고 있어. 하지만 이번엔 리앙제의 감을 믿는다. 검에 대해서는 우리보다 더 뛰어난 아이다."

"……."

반고는 무열의 말에 침묵하더니 이내 왼쪽 갈림길에 표시를 하면서 말했다.

"나락바위. 검을 위한 곳이 아니다. 검의 구도자. 군주. 당신이 해야 할 곳."

무열은 그의 말에 피식 웃으면서 말했다.

"걱정 마라, 반고."

"걱정 안 한다. 실패하면 그 정도 그릇."

망설이는 기색도 없이 바로 대답하는 반고. 그러고는 아무렇지 않은 듯 먼저 성큼성큼 안으로 걸어갔다.

"훗."

그 모습에 무열 역시 뇌격과 뇌전을 꺼내면서 안으로 걸음을 옮겼다.

갈림길의 왼쪽으로.

"반고, 이게 어떻게 된 거야."

"……."

휘이이익-!!

분명 바람 냄새가 나지 않았던 방향이었는데 막상 들어서니 단순히 바람이 아니라 돌풍이 무열 일행을 때렸다.

"바람 냄새가 없긴 뭐가 없어."

"……."

"꺄악!!"

흔들거리는 풀처럼 휘청거리는 리앙제를 안고서 무열이 다리에 힘을 주었다.

"가짜."

반고는 자신들을 향해 쏟아지는 돌풍을 바라보며 낮은 목소리로 마치 으르렁거리듯 말했다.

"응?"

"가짜 바람."

그때였다.

[크아아아아!!]

"……!!!"

돌풍 사이로 튀어나온 흐릿한 뭔가가 무열을 덮쳤다.

바람이 그쳤다. 순간적으로 무열이 뇌격에 힘을 주어 정체 모를 그것을 반으로 갈랐다. 비명 아닌 비명을 들으며 본능적으로 무열이 시전한 비연검 1식을 펼쳤지만 그 순간 뭔가 이상함을 느꼈다.

'뭐지, 검에 감촉이 없다.'

그냥 허공을 벤 것 같은 느낌.

"조심……!"

리앙제의 외침에 고개를 돌렸을 때, 무열은 자신을 공격하려고 했던 것의 정체를 알 수 있었다. 그리고 조금 전 돌풍의 이유 역시.

"저건……."

휘이이이이이잉……!!!

바닥의 흙이 먼지를 일으키며 소용돌이치고 있었다. 그러면서 점차 형상이 만들어지기 시작했다.

세 사람의 주변을 빠르게 훑으면서 빙빙 돌고 있는 녀석의 정체는 다름 아닌.

'정령……?'

[닥쳐라---!!!]

그때였다. 놀랍게도 자신을 향해 소리치는 바람의 정령.

"뭐, 뭐야?!"

리앙제는 그 목소리에 깜짝 놀란 듯 큰 소리를 냈다.

성난 뇌성과 함께 녀석이 자신의 몸을 크게 부풀리자 바람으로 된 몸 여기저기에서 번쩍이는 빛이 일렁거렸다.

'뭐야, 정령이 말을 한다고?'

무열도 놀란 건 리앙제 못지않았다.

히든 스테이터스 중 하나인 정령력은 얻는 것도 어려운 일이었지만 15년 뒤에도 자각이 있는 상위 정령을 다룬 정령술사는 단 세 사람뿐이었다. 하지만 그것도 간단한 의사 정도. 지금껏 제대로 된 대화를 나눌 만큼 지능을 갖고 있는 정령은 고작해야…….

[난 우레군주 쿤겐이다. 어디 있느냐. 이 쓰레기 같은 뇌락의 하수인이여!!!]

철그렁-!!!

촤아아아아악--!!!

두 팔을 들어 올리는 순간 납덩이 같은 것이 소리를 내며 움직였다. 자세히 보니 녀석의 두 팔에 족쇄 같은 것이 채워져 있었다.

커다랗게 부풀린 몸이 족쇄의 크기를 넘지 못해 파지직……!! 하며 힘을 잃은 듯 다시 줄어들었다.

[언제든 와라. 저번처럼 목을 비틀고 태워 버릴 테니까!! 고작 이 정도로 날 가둘 수 있다고 생각하지 마라!!]

콰드드득……!!!

하지만 그의 말은 끝까지 이어지지 못했다. 굉음과도 같은 그의 외침보다 양팔의 족쇄에서 더욱 강렬한 진동이 일어나자 줄어드는 것도 모자라 결국 풍선이 터지듯 그의 몸이 사라졌다.

그가 있던 자리엔 새하얀 연기만이 남았다. 갑작스러운 등장처럼 갑작스럽게 사라진 정령의 모습에 세 사람은 어안이 벙벙한 표정이었다.

'쿠…… 쿤겐?!'

무열의 표정이 굳어졌다. 그의 이름을 듣는 순간, 놀라지 않을 수 없었다. 전혀 생각지도 못한 이름이었기 때문이다.

동시에 절대로 잊을 수 없는 이름이기도 했다.

우레군주 쿤겐.

바로, 7대 정령왕 중에 하나.

'예전 절명의 절벽에서 녀석을 사냥하는 데 들어간 부대원의 수만 족히 1천 명이었다. 엄청난 희생을 치렀었지. 그런데…… 어째서 이곳에?'

거칠고 포악한 모습은 그대로였지만 분명 지금 녀석의 힘은 약한 듯 보였다. 무언가에 봉인된 듯 차고 있는 족쇄.

'처음에 이곳을 발견한 사람도 녀석에게 죽은 건가. 또 뇌락의 하수인은 뭐지? 어째서 이런 곳에 녀석이 있는 거야?'

분명 그가 기억하는 쿤겐은 절명의 절벽에서 온전한 모습으로 존재했어야 했기 때문이다.

'그렇다면…… 그전에 누군가 녀석을 이곳에서 풀어줬다는 건데.'

생각할 수 있는 사람은 단 한 명.

'안톤 일리야.'

그제야 무열은 나락바위의 뜻을 이해할 수 있었다.

번개의 힘이 있는 곳이 아닌 번개의 힘이 바닥으로 떨어진 곳. 바로, 우레군주가 힘을 잃은 곳이다.

그와 동시에 군주의 힘이 담긴 물건.

'나락의 정수.'

무열은 그 순간 결심했다.

'이 안쪽에 그게 있다는 얘긴데 그렇다면…….'

그 안에 우레군주 역시 있을 것이다.

무열은 뇌격과 뇌전을 바라보며 생각했다.

두 개의 족쇄, 두 자루의 검, 우레와 번개. 이 모든 게 연결된 것이라면…… 안톤 일리야가 했던 것을 이제 자신이 할 수 있을 것이다. 아니, 더 나아가 그는 하지 못했고 자신은 하려는 것.

불현듯 떠오르는 생각.

'그곳에서 쿤겐까지 얻는다.'

우레군주 쿤겐.

1천 명의 살해자. 7대 정령왕 중에서도 가장 포악하고 난폭한 왕. 그 이름 하나만으로도 전율이 느껴질 정도였다.

서북부 일대를 불태우고 인간이란 인간은 모두 말살하며 다닌 이 녀석은 존재 자체만으로도 재앙이었다.

지금껏 정령왕이 실제로 현실에서 자신의 힘을 행사한 것은 그가 유일했다. 대부분의 정령왕은 자신의 계(界)에서 모습을 드러내지 않는다. 정령술사의 직업을 획득한 사람들도 상위 정령까지가 한계였기에 단 한 명도 정령왕을 소환하지 못했다.

'아마 불꽃 첨탑 최상위 층에서 얻을 수 있는 1차 히든 클래스인 소환사를 얻은 사람이 있었다면 가능했을지도 모르겠지만…….'

15년의 시간 동안 히든 클래스 아래로 여겨지는 유니크 클래스를 얻은 사람의 수도 손에 꼽힐 정도였으니 소환사(Summoner)를 획득한 사람은 없어도 충분히 이해가 가는 일이었다.

'그 쿤겐이 이곳에 있다. 도대체 누가 그를 이곳에 봉인한 것일까.'

무열은 걸음을 재촉했다.

[크아아아---!!!!]

나락바위의 정상을 향해 가는 길목 길목에 있는 거대한 화염거북이 날카로운 이빨로 괴성을 지르면서 달려오고 있었다.

"멈춰!"

무열이 손을 뻗으면서 소리쳤다. 가시같이 날카로운 돌기들이 튀어나와 있는 등껍질, 그리고 화염이 일렁이는 녀석의 거대한 덩치는 C급 몬스터치고는 위협적이지만 파괴력만큼 속도가 느려 무열 혼자서도 충분히 상대할 수 있는 몬스터이다.

문제는.

위잉, 위잉…….

날갯짓 소리가 동굴 안을 울렸다. 조류의 그것이 아닌 곤충의 것 같은 소리.

얼굴에 긴장감이 느껴졌다.

무열이 먼저 두 자루의 검을 들고 앞을 막았다. 그의 뒤로 반고와 리앙제가 섰다.

'완벽하게 리앙제를 보호할 순 없다. 선수를 쳐야 해.'

무열이 자세를 잡았다.

일렁이는 거북의 등껍질 위로 반딧불 같은 작은 불빛이 하나둘 모습을 드러내기 시작했다.

화염거북의 등에 기생하면서 살아가는 C급 몬스터 화접(火蝶). 양쪽의 나비 날개에 열은 불을 머금고 있는 모습 그 자체는 아름다웠지만 실상은 전혀 달랐다. 개체 수도 개체 수이지만 날개 자체에 있는 화염이 타면서 독성을 가진 연기를 뿜기 때문이다.

'하나, 둘, 셋, 넷…….'

육안으로 확인되는 나비의 날갯짓만으로도 요란스럽게 보였다.

스앙.

무열의 검이 움직였다. 지면을 박차고 뛰어오르면서 그가 동굴의 벽면을 달리기 시작했다. 바닥엔 화염거북이 있기에 녀석을 뛰어넘어 화접부터 처리할 생각이었다.

쉬익-!!

무열이 오른손에 쥔 검을 사선으로 베어갔다.

서걱……!!!

그리고 그와 동시에 왼손에 쥔 소검을 위로 올리며 그대로 몸을 회전시켰다.

비연검 1식.

파아악---!!!

무열의 두 검에서 시커먼 연기를 내는 무언가가 사정없이 터졌고 무열은 입을 가리며 그 자리에서 빠르게 벗어났다.

"리앙제, 저기 멀리 있어라. 반고, 너 역시."

"우리 일족. 독에 강하다."

"그래, 하지만 엘리젤 일족은 그렇지 못하지. 눈으로 보겠다고 했잖아? 그러니 넌 지켜봐야 할 의무가 있다. 내가 싸우는 걸."

"……굳이 돌려 말할 필요 없다."

반고의 대답에 무열은 피식 웃었다.

'확실히 베는 느낌이 있다. 검술 마스터리가 상승하면서 정확성도 더 높아지고 있어. 이 정도라면…….'

[검술 마스터리 : 50%(D랭크)]

정확히 D랭크 숙련의 절반을 채웠다.

경기장을 클리어한 뒤에 무열이 얻은 또 하나의 효과는 바로 검술 마스터리의 빠른 상승이었다.

'비연검 2식도 가능할지 모르겠는걸.'

전생에서는 아예 습득하지도 못했던 검술이었다. 그렇기에 아무래도 강검술을 좀 더 선호하는 경향이 없지 않아 있었지만 뇌전과 뇌격은 강검술보다는 비연검에 더 적합했다.

'가벼운 검이기도 하지만, 연사검이 듀얼 소드를 사용하기 때문이겠지.'

비연검은 연사검에서 영감을 받아 이강호가 창시한 대인검술이기 때문이다.

쌍검을 사용한다는 점에서부터 배우는 것이 결코 쉬운 일이 아닌 검술. 무열은 자신이 지금 이걸 막힘없이 사용할 수 있다는 것이 아주 놀라운 일이라는 걸 잘 알고 있다.

하지만 조금 더 가야 한다.

욕심을 부리지 않고 지금에 만족한다면 강해질 수 없다.

'좋아.'

파앗-!!!

순간 공중에서 계단을 밟듯 허공을 박차자 그의 발아래에서 공기가 터졌다. 지그재그로 방향을 바꾸면서 무열이 검을 회전시켰다.

집중.

무열은 지금까지와는 달리 검 끝의 궤도에 더욱 정신을 모았다.

푸욱—!!

화접이 검에 달려드는 듯 그의 검에 반토막이 나기 시작했다. 그와 동시에 다시 한번, 그리고 또 한 번.

비연검의 가장 큰 핵심은 바로 연계. 쉴 새 없이 몰아치는 검은 한 자루보다 두 자루일 때 더 빛을 발하는 법.

무열의 검은 정확했다. 사방으로 터지는 화접들 속에서도 무열은 아슬아슬하게 자신의 앞으로 흘러나오는 독기들을 피했다.

스앙—!!

뇌격이 파르르 떨리는 소리와 함께 공중에서 수십 번의 검격을 날린 무열이 바닥으로 내려왔다.

"후읍."

참았던 숨을 토해내면서도 무열은 회심의 미소를 지었다.

'성공했다. 2식(式).'

주위에 우수수 떨어지는 화접들은 더 이상 위협적인 몬스터가 아닌 그저 사체에 불과했다.

[스킬 : 비연검 2식의 록(Lcok)이 해제되었습니다.]

무열은 자신도 모르게 주먹에 힘을 주었다. 몇 번의 실패가 있을 거라 생각했는데 단번에 성공했기 때문이다.

그 스스로는 자각하지 못했지만 사실 그가 지금껏 겪었던 전투들 덕분에 수치화된 능력 이상으로 그의 본질 자체가 검에 익숙해져 있었던 이유도 컸다.

완벽한 보폭, 정확한 자세. 이런 것들은 기본에서 우러나오는 것이기 때문이다.

모르는 사람이 봤다면 그저 손쉽게 몬스터를 잡은 것처럼 보일 것이다. 하지만 결코 화접의 날개를 자르는 건 쉬운 일이 아니다. 부드러운 몸뚱이와 달리 날개 부분은 엄청 단단하기 때문이다.

그렇기 때문에 정확하게 몬스터의 몸을 세로로 갈라야 하는데 파르르 떠는 날개 끝에 달린 불꽃 때문에 쉽지가 않다.

"위력은 좀 약하지만 확실히 1식보다 2식의 정확성이 뛰어나. 머릿속에 그려지는 이미지라서 좀 어려웠는데……."

강검술 자체는 5식까지 모든 검술을 이미 알고 있었던 것과 달리 비연검은 무열이 익히지 못했던 검술이다. 기껏해야 눈대중으로 봤었던 것이 고작. 정확한 기술로 스킬을 만들려면 그 규율에 맞는 식(式)을 갖춰야 한다.

'언젠가 나만의 검술을 진짜 창조할 땐 이 규율까지 깰 수 있을까.'

그것을 확인하기 위해 필요한 것은 역시 검술 마스터리를 최고 등급까지 올리는 것일 것이다.

'하지만 아직은 먼 미래의 일.'

지금 해야 할 건…….

"다음은 너다."

눈앞에 있는 어쩐지 겁을 먹은 듯한 화염거북뿐.

"그거 잘 들고 있어."

"……."

뒤따라오는 반고는 아무런 대답을 하지 않고 자신의 손에 들려 있는 화염거북의 등껍질을 바라봤다.

깔끔하게 잘린 등껍질의 단면. 제법 오래 길을 달려왔음에도 불구하고 아직도 열기가 식지 않았다.

'저걸 세공할 수 있는 숙련도를 가진 사람이 트라멜에 있으면 좋을 텐데. 그럼 쓸 만한 방어구를 만들 수 있을 테니 말이야.'

무열이 화염거북을 발견했을 때 가장 먼저 생각했던 것. 그건 다름 아닌 강찬석이었다.

'지금쯤이면 도끼를 다루는 데 좀 익숙해졌겠지.'

물론, 자신의 조언대로 그가 수련을 했다면 말이다.

검병부대였던 그이기에 검법이 아닌 도끼를 사용하는 부법(斧法)을 잘 알지는 못한다. 하지만 3거점에 머무는 동안 단순히 자신의 검술을 익히는 것 이외에도 강찬석에게 훈련소에서 습득한 훈련법을 전수했었다.

'그것만 꾸준히 했다면 근력과 체력의 상승 폭이 월등히 높아져 도끼를 한 손으로 충분히 다룰 수 있게 될 거다.'

그렇게 되면 필요한 것, 바로 방패.

무열은 강찬석에게 화염거북의 등껍질로 만든 방패를 주려고 생각했다.

'아직 갱도 공략하지 못한 상황에선 금속 아이템들은 제작이 불가능하니까. 드랍템이 아니고선 쉽게 이 정도 내구성을 가진 물건을 찾지 못하지.'

무열은 트라멜에 있을 강찬석의 얼굴을 떠올리며 입꼬리를 올렸다.

'곧 만나겠군.'

트라멜에서 모든 사람이 만나게 될 그날이 무열은 기대되기 시작했다. 아마도…… 세븐 쓰론이 시작된 이래로 가장 큰 사건이자 역사적인 날이 될 테니까.

그때였다.

"어떻게 자를 수 있나."

"응?"

뒤따라오던 반고가 마치 참았던 물음을 꺼내듯 무열에게 물었다.

"검으로 자르지 못한다. 화염거북 껍질. 단단하다."

"하지만 자르는 걸 봤잖아."

무열은 피식 웃으면서 대답했다. 하지만 반고의 얼굴은 지금까지와는 달리 사뭇 진지했다. 방패의 재료로 사용하려고 생각했던 단단함. 아이러니하게도 그런 등껍질을 무열은 검으로 잘라낸 것이다.

"그래서 묻는 거다. 화염거북 껍질. 자르는 사람. 당신이 처음이다."

"조금 더 솔직해지는 게 어때? 타샤이 부족은 감추는 게 없다면서."

"……."

한참을 그렇게 길을 따라가던 반고는 걸음을 멈추면서 말했다.

"나도 할 수 있는가."

강함. 그건 비단 무열만이 원하는 건 아니다. 이강호도, 오르도 창도, 그리고 지금 이 앞에 있는 반고 역시. 이 세계를 살아가는 사람이라면 누구나 강해지길 원할 것이다.

"물론."

무열은 뒤를 돌아보지 않고 말했다.

"그러니 따라와라."

무열은 인벤토리 안에서 새로운 횃불을 하나 꺼냈다.

나락바위 안으로 들어가면 들어갈수록 어둠은 더 짙어갔다. 그나마 다행인 것은 화염거북이나 화접 이외에 이렇다 할 몬스터가 아직 나타나지 않았다는 것이다.

'이대로만 갈 수 있음 좋겠군.'

어둠 속으로 서슴없이 발을 들여놓는다. 따라오라는 의미가 어떤 것인지 반고는 알고 있었다. 순간, 그는 자신이 나락바위를 말했던 이유가 어쩌면 그를 시험하려는 게 아닐지도 모른다는 생각이 들었다. 오히려 무의식적으로 자신이 정말로 보고 싶었던 것을 말한 게 아닐까 하는 생각. 나락바위를 최초로 공략하는 사람을.

'그가 내 군주가 될 것이다.'

반고 역시 아무런 대답을 하지 않고 그의 뒤를 따랐다.

"군주님!!!!"

그때였다. 깜짝 놀란 듯 비명에 가까운 리앙제의 외침에 고개를 돌린 순간 무열이 황급히 고개를 돌렸다.

"이것 보세요!!"

무열의 눈이 가늘게 떠졌다. 조금 전까지만 하더라도 별 탈 없이 정상으로 오를 수 있으면 좋겠다는 생각이 단번에 깨졌다.

뒷걸음질 치면서 물러나는 리앙제의 앞에 있는 것은 바로 검게 타버린 시체였다.

"어째서지. 우리 외에 누가 있었다. 있을 수 없는 일이다.

이곳. 외지인이라면 아는 사람이 몇 없다.”

쿵.

반고는 등껍질을 내려놓으면서 두 구의 시체를 바라봤다.

‘하긴, 토착인들은 메시지창이 뜨지 않을 테니 그 전에 누가 여기에 왔다는 걸 모르겠군.’

나락바위에 들어오는 순간 무열은 자신들보다 먼저 왔었던 사람이 있었다는 걸 알았지만 나머지 두 사람은 그렇지 못했다. 어차피 죽은 사람이라는 생각에 잊으려고 했지만 전장에 익숙한 무열이라 할지라도 이렇게 눈으로 시체를 보는 건 그다지 달가운 일은 아니었다.

“흐음…….”

무열은 조금 전 쿤겐이 했던 말을 떠올렸다.

“저번처럼 목을 비틀고 태워 버릴 테다!!”

아마도 그가 했던 경고에 나오는 상대는 이 두 사람일 가능성이 높았다.

시체의 앞에 선 무열이 손을 들어 손가락을 자신의 머리 뒤로 넘겼다. 물러서라는 제스처. 그러고는 천천히 시체를 살폈다.

‘시체의 크기를 봐서는 한 명은 남자, 한 명은 여자.’

“음?”

그때였다. 두 시체 사이에서 빛나는 물건 하나.

무열은 순간 가슴이 뛰었다.

"설마…… 스킬북?"

보랏빛의 색을 띠고 있는 작은 책이 그의 눈에 들어왔다.

스킬북은 그 색에 따라 가치가 달라진다. 물론 절대적인 것은 아니다. 가치란 등급이 아닌 획득률에 따라 달라지는 것이기 때문에 그다지 필요 없는 스킬도 때론 희귀성을 바탕으로 등급이 책정되어 색이 정해지기도 한다.

하지만 대체로는 색과 비례해서 효율도 좋기 때문에 세븐 쓰론에 있는 사람들이라면 스킬북의 색상 정도는 기본으로 인지하고 있다.

색이 없으면 하급, 흰색을 띠면 중급, 붉은색을 띠면 상급의 스킬북이다.

하지만…….

"이런 색은 처음 보는데?"

보랏빛을 띤 스킬북은 애초에 들어본 적도 없었다.

쓰윽.

얇은 책을 시체 사이에서 들어 올린 순간 무열의 눈이 가늘어졌다.

이건 스킬북이 아니다. 그는 얇은 책 표지에 적힌 타이틀을 읽었다. 흐릿하지만 읽을 수 있는 두 글자.

"고서(古書)……?"

그 순간, 무열의 손이 닿자마자 보랏빛을 뿜어내던 책에서 빛이 사라졌다.

[집정관 로안의 기록서-Ⅰ를 획득하였습니다.]
[현재 조건 불충분으로 열람이 불가능합니다.]

대신 붉은색의 경고창과 함께 눈앞에 새로운 메시지창이 떠올랐다.

[제한 조건을 확인하시겠습니까?]

그 순간, 무열의 머릿속을 지나는 기억이 있었다.
'설마, 집정관이라면……?!

[집정관 로안의 기록서-Ⅰ]
집정관 로안이 7인의 원로회의 의뢰를 받아 대륙의 비사(祕史)를 기록한 책. 사망 시 100% 드랍.
등급 : 측정 불가
분류 : 기타
내구 : 10
효과 : 확인 불가

[오랫동안 방치되어 있었기에 책의 페이지가 손상될 가능성이 높아 열 수 없다. 3권으로 되어 있는 기록서에는 북부 귀족의 야사 이외에도 한 가지 특수한 임무를 띠고 기록서를 작성했다고 알려져 있다. 그러나 7인의 원로회가 사라진 그 임무가 무엇인지는 모든 기록서를 모아야 알 수 있다.]

무열은 열람 제한 조건과 함께 나타난 아이템 설명을 읽었다.

"흐음……."

결국, 이 책을 열기 위해서는 나머지 두 권을 더 얻어야 한다는 말이다.

세븐 쓰론엔 이런 식의 아이템이 많기 때문에 그다지 놀라운 일은 아니다. 애초에 SSS급 무구인 검의 구도자 같은 경우도 단일 아이템이 아닌 검과 다섯 개의 방어구로 구성된 세트 아이템이니까.

단지, 무열이 의구심을 갖게 하는 건 이 책의 존재보다 바로 이 사람의 존재였다.

'이 시체의 정체가 뭘까. 아이템 설명에 있는 것처럼 집정관 로안은 아닐 것이다. 이 사람도 이 책은 어디선가 얻은 것에 불과하겠지.'

7인의 원로회라는 것 자체가 이 대륙의 역사일 뿐 현존하는 것이 아닌 과거의 일이었으니까.

'예전에 들어본 것 같긴 한데 생각해 보면 우린 이 대륙의 토착인들의 역사 따윈 관심이 없었다. 단순히 우리들의 세상으로 돌아가기 위해 권좌에 오르기에만 바빴지 정작 이 세계에 사는 사람들을 생각하지 않았어.'

무열은 살짝 입술을 깨물었다.

남부에 도착해 그가 검의 구도자에 오르면서 느꼈던 것. 바로, 토착인들의 역사였다.

'우린 결국 외지인. 이 세계의 비밀을 더 많이 알고 있는 건 역시 이들일 것이다.'

그리고 현재를 살아가는 토착인들보다 과거를 살았던 이들이 남긴 유산. 무열은 그것을 검무덤에 있던 조각을 봤을 때 생각했었다. 분명, 예전에 만들어졌을 그 벽화에 그려진 건 종족 전쟁의 모습이었다.

'그것에 주의를 기울인 사람은 아무도 없었으니까…….'

심지어 토착인들 역시 마찬가지다.

'뭐…… 사실상 자신들의 역사에 관심이 있는 사람은 생각보다 많지 않으니까. 그건 우리나 여기나 똑같고.'

무열은 기록서를 인벤토리 안으로 넣으면서 생각했다.

'스킬북과 다르게 죽으면 100% 드랍된다는 건 절대로 사라지지 않게 만들어 놓은 것이라는 뜻일 터. 내용보다 그 조건에서 이 물건의 중요성을 찾을 수 있을 거다.'

그는 지금까지는 크게 생각하지 않았던 장소 하나를 떠올렸다.

'단순히 마법사 클래스를 얻기 위한 2차 전직 장소에 불과해서 큰 의미를 두지 않았지만……. 이렇게 되면 한 번 들러야겠군.'

어차피 마력을 얻지 못한다면 갈 수 없는 곳이기도 했다.

'안티홈 대(大)도서관.'

대륙에서 가장 큰 도서관이자 가장 높은 탑.

'어차피 마력을 얻는 방법은 알고 있다. 이제 1년 반이 채 남지 않았지. 거점의 기반을 다진 뒤에 그 장소로 가면 된다.'

순간, 마력을 얻을 수 있는 장소를 떠올리자 누군가의 얼굴이 또 기억나고 말았다.

'그 녀석…….'

처음 폐광으로 향할 때도 그랬던 것처럼 자신도 모르게 욕지거리를 내뱉을 뻔한 그는 잊어버리려는 듯 고개를 저었다.

'안티홈은 마법사 클래스의 전직과 스킬 구입 이외에도 대륙에서 가장 많은 책이 보관되어 있는 곳이다.'

기록서를 얻은 지금, 무열에게 또 다른 할 일이 생겼다.

그리고 하나 더.

'7인의 원로회가 있었다던 회색교장(教場).'

'하지만 거긴 단순한 장소가 아닌 A급 던전. 가려면 최소한 2차 전직을 하고 난 후일 테니 제법 시간이 걸린 뒤겠지만 말이야.'

"무슨 생각을 그렇게 하세요?"

"응? 아무것도 아냐."

생각에 빠진 무열을 보던 리앙제가 조심스럽게 말을 걸었다.

"뭐…… 더 건질 건 없어 보이네."

이 시체의 정체가 궁금하지만 현재로서는 알 수 있는 방법이 없다. 이들은 이미 죽은 사람이니까.

'하지만…….'

이들을 죽인 살해자는 누구인지 알고 있다.

"그럼, 녀석에게 직접 물어봐야겠지."

무열은 마지막 언덕을 오르고 있었다.

'우레군주 쿤겐.'

터억.

그의 발이 정상을 밟는 순간 세찬 바람이 몰아치기 시작했다.

쿠르르르르르…….

검은 먹구름 사이로 보이는 정령.

무열은 그를 바라보며 낮은 목소리로 말했다.

"도착했다."

[뇌락의 하수인들아, 너희를 기다리고 있었다.]

나락바위의 정상은 생각했던 것보다 넓고 그 위에 만들어진 제단은 먹구름이 잔뜩 낀 주위의 풍경과는 달리 인간의 것이 아닌 것처럼 보일 정도로 정교하고 아름다웠다.

하지만 그 위에서 들려오는 거친 목소리는 먹구름을 잔뜩 머금고 있는 느낌이었다.

"우레군주여, 나는 검의 구도자로서 이 정상을 밟기 위해 올라왔다. 그건 나를 따르는 부하들의 신뢰를 얻기 위함이다. 그대도 수만의 정령을 다스리는 정령왕으로서 그것이 얼마나 중요한 의미를 가지는지 잘 알겠지."

[닥쳐라!]

콰가가가가가……!!

순간, 무열의 앞에 수십 발의 번개가 떨어졌다.

[너희의 감언이설에 속지 않는다. 나의 힘을 바닥으로 떨어지게 만든 뇌락의 하수인들에겐 오직 절명(絕命)뿐이다!!]

"꺄악!! 조, 조심하세요……."

심장이 울릴 정도의 노성(怒聲)이 들리자 리앙제는 제대로 서 있기도 힘든 듯 가슴을 움켜쥐면서 무열에게 말했다.

"나는 너의 힘을 빼앗으러 온 것이 아니다. 이곳에 올라 나의 존재를 인정받기 위함이다."

[작디작은 인간이여.]

그때였다.

[너희가 뇌락의 하수인이 아니라고 했더냐.]

"그렇다."

[바로 네가 인간이라는 것이 곧 뇌락의 하수인이라는 뜻이다!]

화아아아악---!!!

갑자기 쿤겐의 크기가 부풀어 오르기 시작했다.

[나는 내 존재를 네놈들에게 다시 각인시키겠다!!]

차르릉!! 차르릉……!!

쿤겐이 몸을 움직일 때마다 녀석의 양팔을 잡고 있는 단단한 족쇄가 팽팽하게 당겨졌다. 봉인 때문에 제단에서 벗어나지는 못하지만 정령왕의 힘은 고작 단순한 물리력이 끝이 아니다.

"……대화는 아무래도 힘들겠군."

성난 맹수의 으르렁거림처럼 쿤겐이 힘을 끌어올리자 나락바위 정상의 먹구름들이 소용돌이치기 시작했다.

"힘을 빼놔야 이야기가 되겠지."

1천 명의 살해자. 가공할 만한 존재였다.

'그러나 지금은 그 힘이 봉인되어 있다.'

게다가…….

'우린 널 사냥했었다.'

비록 많은 희생이 있었지만 무열의 머릿속엔 그를 사냥했던 인간군의 공략법이 있었다.

타다닥……!!!

무열이 제단을 향해 질주하기 시작했다.

'애초에 녀석에겐 물리 대미지는 거의 먹히지 않아. 하지만…….'

차앙―!!!

두 자루의 검을 뽑는 순간 검날에서 불꽃이 일었다.

화진검(火眞劍).

'원소 대미지로 체력을 뺏는다.'

승부의 관건은 족쇄로 인해 감소된 그의 힘이 어느 정도냐는 것이었다. 누가 만들었고 어째서 만든 것인지 모르지만 그를 이곳에 봉인하기 위한 것이라면 분명 그 효과도 클 것이다.

[이놈―!!!!]

쿤겐의 외침과 동시에 그가 손을 뻗자 하늘 위에서 수십 다발의 번개가 떨어졌다.

아슬아슬하게 녀석의 공격을 피하면서 무열이 제단 위를 밟고 뛰어올랐다.

화르륵……!!!

불꽃의 검무가 펼쳐지면서 녀석의 흐릿한 소용돌이처럼 나선으로 되어 있는 몸통에 검을 박아 넣었다. 검은 쿤겐의 몸을 관통해서 지나갔지만 두 자루의 검날에 스며들어 있는 화염은 마치 바람을 타고 올라가는 것처럼 녀석의 몸에 닿는 순간 불타오르면서 쿤겐의 전신을 감쌌다.

[크아아아아……!!!]

거대한 횃불이 된 것처럼 제단 위에 있는 쿤겐의 몸이 시뻘겋게 변했다. 고통스러운 비명을 내질렀지만 두 팔이 묶여 있는 그가 무열을 공격할 수 있는 방법은 없었다.

[이놈……!!!!]

쾅!! 콰아앙!!!

화염 대미지는 그다지 큰 효과를 내지는 못하지만 조금씩, 조금씩 체력을 갉아먹기에 힘이 봉인된 그에겐 분명 타격이 있을 것이다.

'지금쯤…….'

힘들게 제단 아래로 다가왔던 무열이 쿤겐의 상태를 보면서 생각했다.

'정령왕이 무서운 이유는 단순히 그 힘 하나만이 아니다.'

왕이라는 권좌(權座). 그건 그 아래 수많은 부하를 거느리기 때문이다.

'정령왕은 정령을 소환할 수 있다. 하지만 워낙 자신의 힘 자체가 강하기 때문에 일 대 다수가 아닌 이상 사용하지 않겠지만…….'

지금은 다르다.

파직…… 파지직……!!!

쿤겐의 주위에서 그의 모습을 닮은 작은 폭풍 정령들이 생겨나기 시작했다.

'녀석이라면 기다리지 않고 바로 그 힘을 사용하겠지.'

그 모습을 보며 무열은 살짝 긴장한 얼굴이었다.

'승부의 처.'

움직임이 제한된 그라면 무열을 공격하기 위해서 가차 없이 최후의 패를 꺼낼 것이다.

'그리고 그때도 그게 너의 패착이었다.'

[크아아아아아---!!!!]

쿤겐의 주위로 소용돌이가 생겨나며 점차 바람이 형체를 갖추기 시작했다. 하지만 힘이 봉인되어 있어서일까. 중급 정령 수십 마리를 소환할 수 있는 그가 소환해 낸 것은 대부분이 하급 정령이고 중급은 고작 한두 마리 정도 섞여 있을 뿐이었다.

'할 수 있다.'

그 모습에 무열은 검을 쥔 손에 힘을 주었다.

하급 정령들은 상급 정령들처럼 지능이 높지 않다. 그렇기 때문에 오직 쿤겐이 명령한 한 가지만 수행할 뿐이다.

무열을 공격하라.

단순 명확하지만 그 명령이야말로 그가 원하는 것이었다.

촤자작!! 촤작……!!!

휘이이이--!!!

화진검(火眞劍)에 의해서 몸에 붙었던 불꽃이 순식간에 꺼지면서 쿤겐의 주변의 공기가 순간 진공상태가 되었다가 풀어졌다.

그와 동시에 무열이 마치 기다렸다는 듯 그를 피해 뒤로 물러났다.

'온다. 전하폭발.'

우레군주 쿤겐의 최종기(最終技).

그는 자신의 하수인을 소환하면 마지막에 꼭 이 능력을 사용했다. 죽기 전 몇 번이나 눈앞에서 그 위력을 지켜봤었다.

"모두 떨어져!!!!!"

무열의 외침과 함께 쿤겐의 주위에서 갑자기 도넛처럼 커다란 세 개의 원이 생성되면서 폭발하듯 사방으로 터지기 시작했다.

콰가가가가강---!!!

엄청난 전류가 쏟아졌다. 순간, 전격을 맞은 몸이 굳어지는 느낌이었지만 그 즉시 그는 있는 힘껏 두 자루의 검을 바닥에 박아 넣었다.

"크윽!!!"

가까스로 숨을 토해내며 검을 타고 흘러내리는 전격에 몸이 부르르 떨렸다.

'좋아. 이것만 버티면…….'

자신을 향해 다가오는 정령들을 보며 무열이 입술을 꽈악 깨물었다.

'전하폭발이 끝나면 쿤겐은 일정 시간 동안 브레이크(Break)

상태가 된다. 하수인들이 있지만 그때가 바로 약점이다. 일격을 넣어야 해.'

그러기 위해서 완전히 거리를 벌리지 않고 무열은 오히려 그의 공격을 참고 버틴 것이다.

"군주님!!!"

그때였다. 저 멀리에 피해 있던 리앙제가 자신을 향해 달려오고 있는 것이 아닌가.

"이런…… 오지 마!!!"

하지만 지금까지 자신의 명령을 어긴 적이 없던 반고마저 그녀를 안고 전류가 흐르는 대지를 달리고 있었다.

파직…… 파즈즉……!!

반고가 걸음을 뗄 때마다 스파크가 일었지만 그는 그런 것 따윈 개의치 않은 듯 달렸다.

"그거요!!"

전하폭발이 끝난 뒤 쿤겐의 포효가 조용해졌다. 하지만 대신 그들을 향해 달려오는 정령들.

한시가 아까운 이 타이밍에 갑자기 다가온 리앙제. 하지만 무열은 그녀를 신경 쓸 겨를도 없이 정령들을 향해 달려가려 했다. 하지만 그때, 그녀가 있는 힘껏 자신의 팔을 깨물었다.

"뭐, 뭐 하는 거야! 너!!"

"뭐긴 뭐예요! 얼른 그거 주세요!! 그거!! 할아버지가 준 거 말이에요!!!"

"……뭐?"

그녀의 돌발 행동에 깜짝 놀라 발을 멈춘 무열의 품 안에서 리앙제는 잔알리가 준 정령의 가루를 찾았다.

"이걸 쓰려면 엘리젤 일족의 피가 필요하단 말이에요."

일촉즉발의 상황이란 건 꼬마 아이도 알고 있었던 것일까.

선명한 잇자국에 피가 맺힌 채로 리앙제는 눈도 하나 깜빡이지 않고서 말했다.

차르르르르르……!!

액체가 담긴 두 병에 리앙제가 자신의 피를 넣었다. 그러자 안의 액체가 부글부글 끓기 시작하더니 액체에서 걸쭉한 크림 형태로 변했다.

그와 동시에 메시지창이 떠올랐다.

[정령의 속성 가루를 획득하였습니다.]

지금까진 아이템 설명도 나오지 않았던 액체가 그녀의 피를 머금는 순간 달라졌다.

[정령의 속성 가루]

일순간 자신의 속성을 바꿀 수 있다. 정령에 근원한 이 힘은 인챈트와는 다르게 지속 시간은 짧으나 대신 바뀐 속성의 효과가 2배가 된다.

속성이 없는 상태로는 사용할 수 없다.
등급 : B급(레어)
분류 : 기타
내구 : 0

때때로 인간계에 소환된 정령이 죽으면서 남기는 가루를 정령의 사체라고 부르는데, 손재주가 뛰어난 엘리젤 일족은 그 가루를 말려 특수한 비약으로 만들 수 있다고 전해진다.

"이건……."

무열은 액체를 받아 들고서 깜짝 놀라지 않을 수 없었다.

태초에 태어났다고 전해지는 4대 원소 정령왕.

폭염왕 라미느.

거암 군주 막툰.

해일의 여왕 에테랄.

광풍 사미아드.

그리고 2대 광야(光夜) 빛의 라시스, 어둠의 두아트.

이렇게 나열하고 보면 알 수 있다.

우레군주는 이 6대 정령왕과는 조금 별개의 존재다. 우레는 빛을 가지면서 열도 가졌고 물 안에서 더욱 자유로우며 바람을 머금고 있으면서 또한 먹구름의 어둠까지 지녔다.

쿠르르르르르…….

때로는 다른 정령왕이 가진 본질의 힘을 뛰어넘기도 했는데 유일하게 그를 잠재울 수 있는 천적은 거암군주 막툰뿐이었다.

"고맙다, 리앙제. 네 덕분에 질질 끌지 않아도 되겠다."

어렵게 생각했던 공략법이 단번에 바뀌었다. 무열은 두 병에 있는 액체 중 하나를 화진검이 시전되어 있는 뇌격에 발랐다. 그리고 또 하나는 자신의 갑옷인 초열의 명광개에 끼얹었다.

[일시적으로 뇌격의 화(火)속성을 새로운 속성으로 바꿀 수 있습니다.]
[일시적으로 초열의 명광개의 화(火)속성을 바꿀 수 있습니다.]

원래대로라면 화 속성을 가진 갑옷은 그렇다 쳐도 속성이 없는 뇌격엔 정령 가루를 사용할 수 없다. 하지만 화진검을 시전한 상태라면 달라진다.

무열은 메시지창을 바라보며 미소를 띠면서 말했다.

"모두 대지 속성으로."

[뇌격의 속성이 변하였습니다.]
[초열의 명광개의 속성이 변하였습니다.]

메시지창이 뜸과 동시에 화진검의 불꽃이 사라지면서 뇌격의 검날이 황토색으로 변했다. 갑옷 역시 마찬가지로 흐릿한 갈색이 되었다.

[일시적으로 대지 속성력을 사용할 수 있습니다.]
[일시적으로 대지 내성력이 생성되었습니다.]

"좋아."
무열은 나머지 하나의 소검인 뇌전을 핑그르르 돌렸다.
화르륵……!!
그러자 그의 왼손에 있는 검날에선 새롭게 화진검의 불꽃이 살아났다.
화염(火焰)과 대지(大地).
두 가지 속성을 머금은 쌍검을 쥔 무열을 보면서 리앙제가 말했다.
"이기세요, 군주님."
그녀의 말에 무열이 고개를 끄덕였다.
"그래."
파앗-!!!!
무열의 몸이 사라졌다. 그러자 그를 향해 우르르 달려오던 정령들이 방향을 틀었다.
탁- 타탁-!!!
뇌전의 얇은 옆면으로 스치듯 정령들을 툭툭 치면서 달려가는 무열.

화르르륵……!!!

그 순간, 작은 정령들의 몸에 불꽃이 붙었다.

[쿠르르…….]

대미지는 그다지 강하지 않아 정령들은 소멸되지 않았지만 화염은 점차 녀석들의 몸을 침식해 들어갔다. 그런 와중에도 오직 쿤겐의 명령을 수행하기 위해 무열의 뒤를 따라오고 있었다. 그 앞에 쿤겐이 있다는 것조차 잊은 듯.

그 모습은 마치 무열이 자신의 군대인 양 정령들의 선두에 서서 우레군주를 향해 달리는 것처럼 보였다.

[크으으으…….]

쿤겐의 신음이 들렸다. 순간적으로 자신의 힘을 모두 응축해서 터뜨리는 전하폭발 이후 브레이크 상태가 된 그는 힘을 쓰지 못해 굳은 채로 자신을 향해 달려오는 무열을 그저 바라볼 수밖에 없었다.

[이놈……!!!]

원래대로라면 자신의 전격에 의해 마비가 된 무열이 남은 정령들에 의해 공격당해야 했다. 하지만 생각했던 것보다 빠르게 전격을 흘려보낸 무열. 그의 계획과는 반대로 오히려 정령들을 이끌고 자신을 향해 달려오고 있었다.

그것도.

[크르르…… 크르르르…….]

화염에 휩싸인 정령들을 데리고 말이다.
타앗-!!!
'지금.'
쿤겐의 바로 앞에서 무열이 급격하게 내디딘 발에 힘을 주며 지면을 박찬 순간, 거의 직각으로 질주하던 그의 방향이 꺾였다. 그러자 무열을 따라오던 하급 정령들이 변화되는 방향을 따라가지 못하고 그대로 앞으로 고꾸라지듯 넘어졌다.
쾅!!
콰쾅!! 콰가강---!!!
화염을 감싼 정령들이 넘어지면서 무방비 상태의 쿤겐에게 들이받는 순간 그 충격으로 폭발하면서 그의 몸에 화염 대미지를 입혔다.
[크아아아!!!]
고통인지 포효인지 모를 외침.
하지만 공격은 그것으로 끝이 아니었다.
강검술(强劍術) 1식(式).
제단을 밟고 뛰어오른 무열이 쿤겐의 머리에서부터 발끝까지를 헤집으면서 뇌격으로 검술을 펼쳤다.
콰드득……!! 콰각!!
콰가가각……!!!
대지 속성으로 변한 뇌격의 검날이 쿤겐의 힘을 흡수하면서 오히려 그의 내장을 파헤치듯 베어들어 가자 속성끼리 부딪치면서 사방으로 작은 돌덩이와 돌가루들이 튀었다.

거기에 그치지 않고 튀어 나가는 돌덩이들을 향해 무열이 뇌전을 핑그르르 돌렸다.

비연검(飛軟劍) 2식(式).

화르륵……!! 쾅!! 쾅–!!!

파스스슥……!!

돌덩이들이 화염과 함께 폭발하듯 터져 나가면서 다시금 쿤겐의 몸 안을 관통하며 튀어 나갔다.

[크아아아아!!!]

우레군주의 비명이 나락바위의 정상에 울렸다. 리앙제는 그 엄청난 소리에 귀를 막고 주저앉았고 그런 그녀를 반고가 감쌌다.

[네놈……!!!!!]

계속해서 공격을 퍼붓고 있을 때, 쿤겐의 주위로 바람이 서서히 일렁이더니 점차 강력한 전하 폭풍이 생성되기 시작했다.

'다시 브레이크(Break) 상태가 풀리는가 보군.'

무열이 번쩍거리는 전격을 보면서 서서히 거리를 재기 시작했다.

지직…… 지지직……!!!

[우레의 힘을 보여주마!]

족쇄를 찬 두 팔에서 강력한 폭풍이 일렁이더니 소용돌이

같은 나선의 전격이 그 위에 점차 쌓이기 시작했다.
위태로워 보이는 모습임에도 불구하고 무열은 오히려 지그재그로 움직이면서 쿤겐의 아래에서 뇌격을 휘둘렀다.
콰그득…… 콰득……!!
점차 강렬해지는 폭풍의 아래에서 쿤겐이 양 손바닥을 위로 뻗자 두 팔에서 반원을 그리며 시퍼런 번개가 연결되더니 마치 그물처럼 무열을 덮쳤다.
'균열의 번개.'
무열은 자신의 머리 위에 만들어진 전격을 바라보면서 생각했다.
절명의 절벽에서 그가 균열의 번개를 사용했을 때, 인간군을 덮친 그것은 마치 레이저로 만든 거대한 그물처럼 닿는 순간 인간군의 몸을 갈기갈기 잘라냈었다.
꿀꺽.
자신의 동료, 자신의 상관들이 무참하게 썰려 나갔던 공포스러운 또 하나의 궁극기(窮極技).
[갈기갈기 찢어주겠다!!!]
머리로는 이해하지만 몸은 그렇지 않다. 아니, 머릿속 기억이 몸에게 공포를 느끼게 하는 것일 것이다.
'할 수 있어.'
무열은 부르르 떨리는 몸으로 악착같이 쿤겐의 사정거리에서 벗어나지 않았다.

[네놈의 살덩이를 모두……!!!]

콰가가가가가강---!!!!

그때였다. 엄청난 모래폭풍이 휘몰아치며 무열과 쿤겐의 모습을 감췄다. 사방으로 마치 전격이 살아 있는 것처럼 날뛰었다.

“군주님!!!”

리앙제의 외침.

지직…… 지지지직……!!!

전격의 포효.

[크으으……!!]

그리고 그 후에 들려온 것은 놀랍게도 쿤겐의 당혹스러워하는 목소리였다.

“정령들을 폭발시키면서 대미지를 쌓은 게 역시 효과가 있었던 모양이야. 족쇄도 그렇지만 확실히 조금 전 전하폭발 때에 비하면 약한걸. 정령술사들이 하는 법을 응용했는데.”

[네…… 네놈……!!]

무열이 입고 있던 겉옷은 쿤겐의 전격에 시커멓게 타 재가 된 지 오래였다. 하지만 그의 갑옷은 타버린 겉옷과는 달리 생채기 하나 나 있지 않았다.

쩌적…… 쩌적…….

당장에라도 갈라 버릴 것 같았던 날카로운 그물이 갑옷에 닿는 순간 전격의 힘을 잃고 말았다.

정령의 속성 가루로 인해 대지 내성력을 가지게 된 초열의 명광개가 쿤겐의 공격에서 무열을 지켜낸 것이다.

'하지만…….'

아무리 힘이 빠졌다 하더라도 정령왕.

자신의 육체와 달리 내구도가 존재하는 갑옷은 속성의 우위를 가짐에도 불구하고 단 한 번의 공격을 막은 것만으로도 내구도가 무려 20이 깎여 있었다.

전하폭발을 버티면서 이미 45의 내구도가 깎여 있는 상태에서 계속해서 대미지가 쌓인다면 위험한 일이었다.

'속성 덕분에 대미지를 입지 않는다. 하지만 겉은 멀쩡해 보여도 갑옷의 내구도는 많이 깎였어. 게다가 검날도 상하고 있어.'

속성이 바뀐 뇌격은 그렇다 쳐도 뇌전의 내구도가 극심하게 깎이고 있었다.

쿤겐의 체력이 어느 정도인지는 모르지만 무기의 내구도보다 그의 체력이 낮다고 볼 수 없다.

'두 번은 힘들어.'

무열은 균열의 번개 아래 표정 하나 바꾸지 않고서 고개를 올려 쿤겐을 바라봤다.

지금 순간 필요한 건 도발. 아니, 도발을 할 수 있는 배짱과 용기.

그렇기 때문에 무열은 가볍게 입꼬리를 올리며 그에게 말했다.

"천하의 우레군주의 힘도 인간 하나 못 죽일 정도로 약해졌군?"

[이…… 이……!! 더러운 뇌락의 하수인 따위가……!! 나는 쿤겐!! 권좌와 신에게 맞선 유일한 왕이다!!]

무열의 생각대로 쿤겐은 분노를 참지 못한 듯 날뛰었다. 하지만 제단에 묶인 그는 이렇다 할 자유를 얻지 못한 채 그저 발버둥 칠 뿐이었다.

하지만 그 순간, 무열은 그의 외침에 눈썹이 꿈틀거렸다. 조금 전 우레군주의 말이 그의 귀에 남았기 때문이다.

'정령들은 신의 권속이 아니었던가?'

무열은 쿤겐을 바라봤다.

4대 정령과 2대 광야(光夜)와는 다른 길을 택한 단 한 명의 정령왕.

그들의 눈엔 분명 그가 눈엣가시였을 것이다. 그리고 그 결과가 이것. 어떤 연유에서인지는 모르지만 이 제단에서 풀려난 그는 인간들을 살육(殺戮)했다.

우레의 힘을 빼앗아 간 인간들에 대한 복수.

뇌락(雷落).

번개의 힘이 떨어지다.

어째서 그는 다른 정령왕들과 달리 신에 맞섰고 그 결과로 인간을 증오하게 되었는가.

알아야 한다. 그것이 이곳의 과거(過去). 집정관 로안의 기록서와 마찬가지로 쿤겐 역시 살아 있는 산물이었다.

'설마 그런 건가…….'

어쩌면 실마리를 찾을 수 있을지도 모른다.

"쿤겐."

무열은 목숨을 건 거래를 시도했다.

"너, 자유로워지고 싶지 않은가?"

[……뭐?]

무열은 그에게 겨눈 검을 거두었다.

"난 신에게 준비 없이 맨몸으로 맞설 생각은 없다. 두 번의 패배는 절대로 있을 수 없으니까."

단순히 싸우는 것만으로는 부족하다. 그건 신들이 원하는 걸 테니까. 권좌에 오르는 것은 일종의 장기의 말을 뽑는 것일 뿐이다.

'종족 전쟁(種族戰爭)'

인간계 주신 락슈무를 비롯해서 다섯 계(界)의 주신들이 모여 하나의 대륙에서 자신들의 말을 가지고 전쟁을 벌이는 게임.

우습게도 무열의 머리론 아무리 생각해도 그건 유희(遊戲)에 불과하다.

'도대체 왜?'

인간은 패배했고 몰살당했다. 다른 종족들도 마찬가지일

것이다.

"난 신에게 물을 것이다. 그리고 타당한 대답이 아니라면……."

무열이 쿤겐을 바라보며 말했다.

"신을 죽일 것이다."

그의 말을 듣고 있던 리앙제와 반고는 깜짝 놀란 표정으로 고개를 들어 그를 바라봤다.

"……!!!"

"……!!!"

하지만 쿤겐의 표정은 변화조차 없었고, 나락바위의 정상에서 쉼 없이 폭풍처럼 밀어닥치던 바람은 어느새 사그라져 있었다.

[인간, 그게 무슨 말인지 알고 내뱉는 거냐.]

"뇌락의 하수인이 아니라 이제야 인간이라고 불러주는군."

무열이 쿤겐의 말에 피식 웃었다.

"그러는 넌 어째서 신에게 대적한 것이지?"

[……]

그의 물음에 쿤겐은 아무런 대답도 하지 않았다.

"이유가 어쨌든 우린 공통의 적을 가진 것만큼은 틀림없겠지. 제단이 있는 것을 봐서 정령들이 이것을 만들었을 리는 없고……."

하지만 무열은 말을 이어갔다.

"널 봉인한 건 나머지 6대 정령을 수호하는 자들이겠지. 그들은 너를 눈엣가시처럼 여겼을 테니까. 안 그래?"

어쩐지 무열의 앞에서 부는 바람이 살짝 떨리는 느낌이 들었다.

동요(動搖). 정령왕이라 할지라도 결국 감정을 가진 존재.

살짝 비틀어 얘기했지만 무열은 자신의 추측이 맞았다는 것을 알 수 있었다.

"너와 그들 사이에 어떤 문제가 있었지? 왜 신의 권속인 네가 다른 정령왕들과 달리 신에게 맞섰던 건가."

[우린, 태초부터 신의 권속이 아니다. 너희처럼 신에 의해 만들어진 존재가 아니란 말이다. 훗, 그런 네가 신에게 대항하겠다고? 신에 의해 만들어진 네가?]

쿤겐은 고개를 저었다.

"그럼 다시 묻지. 복수하고 싶지 않은가."

[…….]

"나에게 힘을 빌려다오."

[우습군. 지금 이 나와 계약을 하자는 거냐.]

"이건 정령과 인간이 함께 만든 봉인진(封印陣). 이걸 풀기 위해선 똑같이 정령과 인간의 힘이 필요할 것이다. 족쇄로 봉인된 너를 해방할 수 있는 방법은 그것뿐이겠지."

[역시. 인간은 이래서 어리석다는 말이다. 너에게선 정령력이 전혀 느껴지지 않는다. 그런 몸으론 하급 정령도 계약하지 못할 것이다. 그런데 네가 날 받아들이겠다고?]

무열은 쿤겐의 비웃음에도 불구하고 오히려 반대로 그를 향해 입꼬리를 올렸다.

"어리석은 건 오히려 너다. 그렇게 한 가지 생각만 해서 어떻게 신에게 맞서려는 거지?"

[뭐……?]

"난 나와 계약을 하자고 한 적 없는데. 널 이곳에서 꺼내기 위해서 필요한 것이 정령력이라면 그 정령력의 가장 순수한 응집체가 바로 눈앞에 있잖은가."

[그게 무슨…….]

"바로 너."

무열이 쿤겐의 가슴 언저리를 가리켰다.

"네가 가지고 있는 근원(根源)."

순간, 흐릿한 쿤겐의 눈동자가 흔들리는 것 같은 기분이었다.

"나락의 정수."

안톤 일리야가 이곳에서 얻은 그것.

"그걸 나에게 바쳐라."

그 순간, 정적이 흘렀다. 인간이 정령왕에게 거래를 하는 것도 모자라 이제는 당당히 그에게 요구를 하고 있었으니 말이다.

리앙제와 반고는 둘의 대화에 낄 엄두조차 내지 못하고 그저 긴장한 표정으로 바라볼 뿐이었다.

[크…… 크하하하하!!!]

쿤겐이 당돌하기 짝이 없는 무열의 말에 어처구니가 없다는 듯 큰 소리로 웃어젖혔다.

[인간이 정령왕의 정수(精髓)에 대해서 알고 있다니. 이거야말로 놀랄 노 자로군.]

"너의 우레의 힘이라면 이 검을 깨울 수 있을 거다."

[그걸 어떻게 확신하지?]

"글쎄……."

무열은 리앙제를 슬쩍 바라봤다. 그의 시선을 느끼자 그녀가 살짝 놀란 듯 어깨를 들썩였다.

"……아! 아, 안녕하세요."

잔뜩 긴장한 표정으로 꾸벅 허리를 숙이는 그녀를 보며 무열이 말했다.

"저 아인 엘리젤 일족의 아이다. 너에게 올 수 있는, 정상으로 향하는 길을 알려준 아이이기도 하지."

[엘리젤 일족이라……. 확실히 정령과 인연이 깊지. 이젠 보기 힘든 정령의 가루를 조금 전에 네가 썼던 것도 그 때문이군.]

"맞아."

뇌격(雷擊)과 뇌전(雷電).

이미 무열은 나락의 정수로 두 자루의 검을 깨울 수 있을 것이라고 확신했다.

그리고 그 깨어난 검에 쿤겐을 봉인한다. 그렇게 되면 비록 자신은 정령력이 없지만 뇌격과 뇌전의 속성에 의해 쿤겐을 받아들일 수 있게 된다.

"날 믿는다면 널 맡겨라. 아직은 너의 본연의 힘을 쓸 순 없겠지. 하지만 나는 정령력을 얻을 것이다. 그렇게 되면 제일 먼저 너에게 이 세계를 다시 보여주마."

[너란 인간은 정말 당돌하군. 지금 나에게 선택지는 없겠지. 그래…… 엘리젤 일족이 따르는 녀석이라면 조금은 흥미가 가는군.]

쿤겐은 무열을 바라보며 말했다.

[나의 정수는 저 제단 아래에 있다. 그전의 녀석들도 저것을 훔치려다 실패했지.]

제단의 안쪽에 있는 작은 상자.

보통의 정령들은 심장과도 같은 정수를 몸 안에 넣기에 무열 역시 그의 가슴을 가리켰었다.

하지만 봉인되어 있는 쿤겐은 그것이 제단에 안치되어 있었다.

'안톤 일리야가 쿤겐을 죽이지 않고도 나락의 정수를 얻을

수 있었던 이유를 알겠군. 어쩌면 인간에 대한 그의 분노를 더 끌어올렸던 건 그였을지도 모르겠어.'

탈칵.

무열이 제단의 상자를 꺼내어 열었다.

지직…… 지직…….

전격을 머금은 둥근 구체를 들어 그는 리앙제에게 가져갔다.

[하지만 너희들 역시 실패한다면. 똑같은 꼴을 면치 못할 것이다. 근원이란 시간이 지나면 다시금 자라나는 자연계의 힘이라는 걸 알 테지.]

"봉인된 주제에 말이 많다."

[뭐…… 뭐?!]

쿤겐은 어처구니가 없다는 듯 소리쳤다. 그 모습에 무열이 피식 웃었다.

"자."

"……네?"

"네가 하는 거다."

"하지만 이건…… 차라리 할아버지께……."

"아니."

무열은 고개를 저었다.

이건 아이템을 제작하는 것과는 다른 일이다. 잠금을 푸는 건 제작자도 할 수 없는 일, 아니, 스킬화라든지 확인창의 기능이 없는 잔알리로서는 잠긴 능력이 있는지도 모를 것이다.

"할 수 있다, 너라면."

"……."

그녀는 떨리는 손으로 두 자루의 검을 받고 나락의 정수를 품에 안았다.

지직…… 지지직…….

놀랍게도 정수는 어떠한 저항도 하지 않고서 그녀의 품 안에 머무르고 있었다.

[호오…….]

그건 쿤겐 역시 놀랍기 마찬가지였다.

'마치 검과 정수의 매개체로 그녀가 있는 것 같은 모습이다. 그렇기 때문에 반발도 없는 거겠지.'

물론, 그런 조율 능력을 리앙제는 타고난 것이 틀림없다.

'어쩌면 스킬을 가진 인간들보다 더 높은 수준의 인챈터(Enchanter)를 노려볼 수 있을지도 모르겠군.'

우우우웅…….

그 순간, 리앙제의 주위로 새하얀 빛이 스며들기 시작했다.

"νωΧοκ υφχΔφχωγ ʂtφ."

엘리젤 일족에게만 전해지는 부족어.

오랜 세월 내려오는 부족어엔 그들만의 특별한 힘이 담겨 있다. 타샤이 부족이 통합어가 아닌 자신의 부족어만을 사용하는 것도 그 힘을 지키기 위함이다.

언령(言靈).

파즉……!!!

파즈즉……!!

마법진처럼 둥근 원이 지면에 생성되면서 우레를 머금은 빛이 방울방울 맺히더니 정수에서 튀어나와 하나둘 검 안으로 스며들기 시작했다.

[엘리젤 일족 리앙제가 인챈트를 시작합니다.]

[1%…… 5%…… 10%…….]

무열의 앞에 나타난 메시지창.

'역시.'

예상대로였다.

마치 천천히 도자기를 빚는 것처럼 리앙제의 손이 조심스럽게 움직이면서 검을 어루만지자 서서히 검의 형태가 바뀌기 시작했다.

리앙제가 집중을 하는지 그녀의 눈썹이 갈매기처럼 휘어졌다.

그렇게 얼마의 시간이 흘렀을까.

"하……!!"

리앙제가 숨을 토해내며 눈을 떴다.

[인챈트 성공!!]

[무기의 내구도가 회복되었습니다.]

[무기의 잠김 효과가 해제됩니다.]

[무기의 속성이 변화하였습니다.]

그녀는 비틀거리면서도 환희에 찬 얼굴로 무열을 향해 두 자루의 검을 내밀었다.

끄덕.

무열이 고개를 끄덕이며 그것을 받았다.

칭찬의 말보다 그의 눈빛에 담긴 진심이 리앙제에게 수고했다고 말하고 있었다.

[뇌격(雷擊) & 뇌전(雷電)]

엘리젤 일족의 비기가 담겨 있는 검.

날카로운 검날의 파괴력도 뛰어나지만 우레군주 쿤겐의 정수로 인하여 검이 가진 진짜 힘이 깨어났다. 우레군주의 힘을 담아 새로이 정령의 힘을 머금은 정령검으로 각성하게 되었다.

등급 : A급(유니크 세트)

분류 : 정령검

내구 : 100

효과 :

절삭력 +15%, 공격력 +20%,

추가 뇌 속성 대미지 +10%,

추가(속성 무시) 정령 대미지 +10%
영향 : 우레군주 쿤겐

파즉…… 파즈즉……!!!

검의 손잡이를 잡는 순간, 날카로운 전격이 검날을 휘감으면서 뻗어 나왔다. 검신이 새하얗게 빛났다. 마치 갓 태어난 번개 같은 모습이었다.

쿤겐의 힘을 고스란히 머금고 있는 검. 이보다 더 우레군주의 힘을 받아들일 수 있는 매개체는 없을 것이다.

"어떤가, 쿤겐."

무열이 몸을 돌려 새하얀 두 자루의 검을 들어 쿤겐을 향해 뻗으며 말했다.

"날 믿어라."

to be continued

Wish Books

천마사냥꾼

운경 현대 판타지 장편소설

마수가 창궐한 세계.
염동 능력자이자 천마신공의 전수자 적시운.
그가 해야 하는 일은 단 하나.

'살아서 집으로 돌아간다.'

***천마(天魔)[명사]**

검은 안식일 이후 지상에
창궐하게 된 마수 무리의 지배자.

***사냥꾼[명사]**

사냥하는 자.

강화학개론

빈형 게임 판타지 장편소설

[+15 초보자용 하급 단검 강화를 성공했습니다!]

사고와 함께 찾아온 특별한 능력.
남들이 메인 시나리오 퀘스트를 쫓을 때
한시민은 강화 명당을 찾는다!
가상현실 게임 '판타스틱 월드'에서의 강화를 위한 모험

"아, 빌어먹을. 9강부터 이 X랄이네."

그 유쾌하고 통쾌한 이야기가 시작된다!